FAR FINTA DI ESSERE TUO

JESSA JAMES

Far finta di essere tuo: Copyright © 2020
di Jessa James

Tutti i diritti riservati. Nessuna parte di questo libro può essere riprodotta o trasmessa in alcuna forma con nessun mezzo elettronico, digitale o meccanico, incluse, ma non solo, attività quali fotocopie, registrazioni, scanner o qualsiasi altro tipo di raccolta di dati e sistema di reperimento di informazioni senza il permesso esplicito e scritto dell'autore.

Pubblicato da Jessa James,
James, Jessa

Far finta di essere tuo

KSA Publishing Consultants, Inc.

Cover design copyright 2020 by Jessa James, Author
Images/Photo Credit: Deposit photos: HayDmitriy; Melpomene

Nota dell'editore:
Questo libro è stato scritto per un pubblico adulto. Questo libro potrebbe contenere scene sessuali esplicite. Le attività sessuali incluse nel libro sono pure fantasie per adulti e ogni attività o rischio corso dai personaggi della finzione nella storia non è né approvato né incoraggiato dall'autore o dall'editore.

1

CHARLIE

Due anni fa

È nel mezzo di un piovoso pomeriggio di primavera che la perdo.

"Ciao, John," dico all'uomo anziano che mette via le sedie pieghevoli grigie con uno scatto. Siamo in uno squallido seminterrato di una chiesa, ma almeno la chiesa ci permette di incontrarci qui gratuitamente.

"Charlie," dice John. Le sue guance sono rosa brillante, i suoi occhi blu intenso. I suoi vestiti sono troppo grandi di parecchie taglie e di color beige sbiadito. Mi fa un cenno con la testa, poi torna ad accatastare attentamente le sedie.

Bevo un ultimo sorso di caffè, facendo una smorfia per il suo gusto eccessivamente dolce. Ci ho messo troppo zucchero, ma non posso farci niente ormai. Getto via i residui nel mio bicchierino e il tovagliolo di carta che ho appallottolato su in un pugno, con le briciole di un biscotto industriale e insipido.

"Attento," grida qualcuno, giusto in tempo per impedirmi di sbattere a un cartello che pende dal soffitto. I soffitti qui sono così bassi che ci sono solo pochi centimetri tra loro e la mia testa. Immagino che non ci siano molti ragazzi alti come vichinghi che si aggirano da queste parti.

Comunque ho apprezzato l'avvertimento.

"Grazie," rispondo ma la persona che mi ha avvertito è già a metà strada verso le porte di metallo che conducono al parcheggio.

Mi guardo intorno, un po' demoralizzato. Sono un ragazzo grosso, ex soldato e memebro della CIA. Sono finito qui a causa dei miei attacchi di panico e dei miei incubi. Mia moglie Britta mi ha detto o di venire qui o di dormire sul divano ogni notte, perché non avrebbe potuto più sopportare il fatto che la svegliassi sempre.

Tra il fatto che fosse incinta di nove mesi in quel momento e me che non ci stavo sul divano... Sapevo di aver bisogno di aiuto. Quindi ho fatto alcune chiamate. Tre tipi di terapia di gruppo dopo, eccomi qui.

Sospiro, scorrendo alcune delle idee presentate durante la sessione, rianalizzandole nella mia testa. Si è parlato molto dell'idea di vulnerabilità, di diventare vulnerabili nei confronti di un'altra persona.

Ascoltando alcune persone che parlano, sono contento di avere Britta al mio fianco. È stata la mia risalita dal baratro dopo che sono tornato dalla Siria, ed è il motivo per cui sono qui adesso.

Prendo il telefono. *Sto facendo bei pensieri su di te*, scrivo a Britta.

Nessuna risposta immediata, ma va bene. Rimetto il telefono nella tasca dei jeans. È meglio che vada ora.

Ci sono ancora alcune persone che parlano al tavolo dei rinfreschi, ma il resto del mio nuovo gruppo di supporto - Combat Vets Talk - è già andato via. Mentre mi dirigo verso le doppie porte di metallo, i miei occhi guardano un'ultima volta il seminterrato, scrutando automaticamente le pareti modellate e il tappeto blu a buon mercato per...

Cosa? Mi chiedo. *Combattenti nemici? Minacce?*

Ho lasciato tutto questo nel paesaggio sabbioso della città di Aleppo, dove ero stato assegnato come agente della CIA. È stato un anno fa, eppure ora sto iniziando a riprendermi. Per questo frequento le sessioni di terapia di gruppo.

Beh, dovrei dare a Cesare quel che è di Cesare: anche Britta e la nostra neonata sono parte integrante della mia guarigione. Guardare il pancione di Britta crescere, e poi tenere in braccio Sarah per la prima volta... ha cambiato qualcosa in me, a livello profondo.

Non so cosa farei senza di loro. Con loro sono tre metri sopra il cielo, e non lo dico tanto per fare il Moccia della situazione.

Apro la porta e socchiudo gli occhi alla luce del sole. Sta iniziando a piovere, ma è praticamente una costante qui a Seattle. E poi la pioggia è una bella pausa dal calore estremo del seminterrato della chiesa. Le gocce di pioggia mi colpiscono le braccia e il viso, che fresco sollievo. Mi metto la giacca a vento blu scuro e mi dirigo verso la mia macchina.

Non sono rimaste molte macchine nel parcheggio della chiesa; è un sabato pomeriggio ed è abbastanza bello fuori, nonostante il piovischio. La maggior parte delle persone a Seattle probabilmente sta facendo un brunch, escursioni o shopping in questo momento.

Io invece sono pronto per andare in biblioteca, per incontrare Britta e Sarah. Le immagino nella mia testa: Britta con i suoi lunghi capelli scuri e il suo sorriso caloroso. Sarah in tutina, con i colori di sua madre e i miei occhi verdi. Nella foto che ho in testa, Britta porta la nostra bimba nella sua piccola imbracatura frontale a strisce mentre Sarah sonnecchia.

Sarah ha solo tre mesi, ma Britta dice che non è mai troppo presto per portarla in biblioteca. Abbiamo discusso con leggerezza del tipo di cose che dovremmo leggere a Sarah. Britta dice che non ha importanza, ma io sto spingendo per iniziare a leggerle le notizie di attualità in diverse lingue.

Dopotutto, non è mai troppo presto per incoraggiare le capacità di pensiero critico, no? La mia mente è concentrata su questi pensieri quando scivolo in macchina e accendo il motore.

Esco dal parcheggio e vado a sinistra, le mani girano il volante, la memoria muscolare prende il sopravvento. Ho fatto l'errore di accendere la radio pubblica nazionale in macchina. Non riesco ad ascoltarla senza farmi coinvolgere dalle storie, senza provare sentimenti personali su di loro e archiviare ogni storia nel mio caveau mentale con precisione.

Sono a un paio di miglia da casa quando mi rendo conto di essere andato con il pilota automatico. La biblioteca è dall'altra parte. Guardo l'orologio nella mia macchina. Probabilmente sono in ritardo per incontrare Britta.

Facendo inversione mi dirigo a nord-ovest, così come farei se uscissi da casa. Qualcosa alla radio mi distrae, sono irritato dal fatto che la Casa Bianca stia cercando di ficcare il naso in quello che sta succedendo con la Siria, e lo sto facendo male.

Vedo un incidente stradale davanti a me quando svolto a una curva, pezzi di metallo accartocciati e circondati da diverse macchine della polizia con luci lampeggianti. Un poliziotto sta gesticolando alle persone intorno a sé; un altro sta trascinando con noncuranza il nastro della polizia attorno alla scena.

Quasi giro a destra, per evitare l'accumulo di traffico, ma

per qualche motivo non lo faccio. Forse è il fatto che a tutti piace vedere un incidente stradale. A tutti noi piace segretamente vedere la macchina che è capovolta, per cercare di capire come sia successo. È come se ci alliscassimo le sopracciglia e tirassimo un sospiro di sollievo perché non è successo a noi, e andiamo via.

Ad ogni modo, sto ascoltando la radio nazionale e tamburello le dita sul volante mentre aspetto che il poliziotto mi faccia segno di passare. Sollevo la testa per guardare l'incidente mentre aspetto, giudicando la distanza tra le due macchine.

Non c'è dubbio che nessuno potrà mai guidare di nuovo nessuno dei due veicoli. Cavolo, se due persone non morissero in un incidente così selvaggio, dovrebbero ringraziare l'allineamento fottutamente fortunato delle loro stelle.

La prima auto è una nuova Dodge Charger nera lucida, e si è fatta piuttosto male. La seconda auto è appoggiata su un fianco, vedo tutto il suo sottoscocca, e ha chiaramente rotolato un paio di volte. Sembra proprio che la prima abbia tamponato la seconda, e che quest'ultima abbia rotolato per un po' per poi fermarsi congelata su un lato in quel modo.

Cerco di capire che tipo di veicolo è, ma tutto quello che riesco a capire è che la seconda auto è un SUV scuro. Un formicolio di presagio mi corre lungo la schiena. Britta guida un SUV scuro, una Nissan Pathfinder nera.

Niente panico, mi dico. *È in biblioteca, probabilmente si starà chiedendo dove sei.*

Avanzo, procedo lentamente in coda. Finalmente è il mio turno, vado avanti con attenzione. Non posso fare a meno di guardare la prima auto, poi la seconda, e poi i diversi agenti di polizia che camminano lì attorno annotando qualcosa e fotografando.

Ho quasi superato il luogo dell'incidente, sto per

accelerare, quando qualcosa attira la mia attenzione. Uno degli agenti di polizia sta catalogando alcuni effetti personali che probabilmente provengono dall'auto B, e sta mettendo una coperta in una grande borsa per le prove.

La coperta mi è incredibilmente familiare. Realizzata per un bambino, raffigura una scena con due orsi che pescano in un fiume. Il fatto è che ho visto quell'immagine in un solo posto: su una coperta fatta a mano, realizzata per Sarah dalla madre di Britta.

Premo il freno mentre il cervello inizia a surriscaldarsi, a pensare senza sosta. *Forse la madre di Britta ha comprato la coperta, e ce ne sono a bizzeffe in tutto il mondo. O forse...*

L'auto dietro di me suona il clacson riportandomi alla realtà. Avanzo ancora, accostandomi non appena posso. Il cuore mi batte forte, il sangue mi scorre all'impazzata nel cervello, rendendo difficile ogni tipo di riflessione.

Mi giro, guardando indietro all'incidente. La coperta non è più visibile. Cerco di capire che modello è il SUV, ma da qui è impossibile.

Comincio a tremare mentre slaccio la cintura di sicurezza e prendo il telefono dalla tasca. Britta mi sorride mentre tiene Sarah; questa è l'immagine sul mio schermo mentre compongo goffamente il suo numero.

Suona quattro volte. Lancio uno sguardo nel mio specchietto retrovisore e vedo la donna che imbusta tutto raccogliere una delle buste.

Avverto un colpo al cuore quando vedo che ha in mano un telefono cellulare.

No.

No, non può essere.

Esco dalla macchina, consapevole del fatto che tutto attorno a me comincia a sfumare, diventando poco chiaro.

Questo è il primo segno di un attacco di panico, ma ora è l'ultima cosa di cui mi preoccupo.

"Signore?" una giovane donna mi si avvicina mentre inizio ad affrettare il passo.

"L'incidente" dico, senza nemmeno guardare l'ufficiale. Sono troppo concentrato a guardare le cose ancora a terra, cercando di vedere se riconosco qualcosa. "Dove sono le persone coinvolte nell'incidente?"

Allunga la mano per fermarmi quando provo ad avvicinarmi. "Signore, dovrebbe..."

Le afferro il polso, il mio sguardo congela il suo, disperato. Il mio cuore inizia a battere più velocemente, così velocemente che penso che potrei svenire. Respiro a fatica, la vista è sfocata, le mani mi formicolano.

Sono totalmente fuori controllo.

"Potrebbe trattarsi di mia moglie" riesco a dire. Le lascio andare il polso, toccandomi il colletto aperto. "...Mia figlia. Ho solo bisogno di sapere..."

La spingo da parte, ignorando il fatto che mi stia dicendo: "Signore? Signore!"

Cammino deciso verso la seconda auto finché non vedo una rosa in tessuto per terra, circondata da un milione di minuscoli pezzi di vetro... e sangue.

Tanto sangue da prosciugare un intero corpo.

Mi metto una mano sul cuore, le gambe mi si bloccano. Guardo alla mia destra, c'è un poliziotto più anziano vicino alla seconda auto. Sta parlando al telefono, fa delle osservazioni. Non mi vede nemmeno, è troppo impegnato ad esaminare il danno al SUV.

"È un peccato" dice, scuotendo la testa. "Arriva un tipo ubriaco, uccide una donna, quasi uccide la sua bambina, e poi se ne va pure. Una vera tragedia."

No.

Non può essere vero.

Il primo ufficiale mi raggiunge, mi afferra il gomito e grida aiuto. Cado in ginocchio, sento le mie gambe cedere alla vista di quella rosa.

No.

Non Britta.

Non è possibile.

Dev'esserci un errore.

"Tutto bene?" chiede l'ufficiale che mi tiene per il gomito.

La guardo, l'oscurità minaccia di superare la mia coscienza. Entrambe le mie mani si agitano affannosamente sul mio petto per farmi riprendere. Provo a parlare, ma non ho il respiro, non riesco a emettere più di un sussurro.

"Il mio cuore," dico.

Tutto diventa nero.

2

LARKIN

Oggi

Perché questa roba non viene via? Vado in bestia, cercando di strofinare più forte.

Sono su una scala che è appoggiata fuori casa di mia madre. Sono intenta a strofinare, mia madre è morta tre anni fa, e prima non si occupava davvero dell'enorme e vecchia casa vittoriana.

Questo è il motivo per cui mi trovo su questa scala in questo momento, strofinando furiosamente le ragnatele e altra robaccia nera che si è accumulata nella grondaia.

Immagino voglia dire che ora sia ufficialmente casa mia.

Ho una vecchia camicia a maniche lunghe, il mio paio di jeans più vecchio e i miei lunghi capelli biondi legati con una bandana. Sarà pure estate, ma non fa molto caldo qui sulla costa dell'Oregon. Nel migliore dei casi, non si andrà oltre i venti gradi.

Quindi davvero, pulire la grondaia della casa è necessario, ma mi permette anche di prendere un po' di sole. Faccio scorta di vitamina D, sperando che in qualche modo mi renda più felice. Peccato che non possa fare nulla per questa porcheria nera sulla facciata della casa.

Finalmente riesco a intaccare un pezzo che poi si stacca.

Ah. Devo solo scheggiarlo e staccarlo, penso.

Mentre continuo, mi chiedo come mamma l'abbia trascurata così tanto. La casa si trova proprio nel mezzo di quella che penso sia l'area del centro di Pacific Pines, un enorme distesa d'erba circondata da case e negozi. La casa di mia mamma – ora mia - è di due piani, color grigio-verde e timpanata.

Ad un certo punto in passato, mia madre ha investito dei soldi per trasformare la casa in un appartamento bifamiliare. Entrambi i lati della casa sono decorati con disegni audaci e volgari che risalgono ai primi anni 70. Ma questa è mia madre - Big Ruth, così la chiamava la gente. La preside della scuola elementare, una mangiauomini seriale e una narcisista da manuale, se mai ce n'era stata una. Non ha fatto nulla, specialmente per l'arredamento della casa.

Intensifico i miei sforzi e vengo ricompensata quando una grande striscia si stacca. Sono tornata a Pacific Pines per vendere questa casa e utilizzare i proventi per trasferirmi a New York. Sono qui da sei mesi, lavoro in biblioteca e esco con mia zia Mabel, la sorella maggiore di mia madre.

Sfortunatamente, come tutte le cose che hanno avuto a che fare con mia madre, non si tratta semplicemente di mettere in vendita la casa. Prima devo sistemare il posto. Dalle persiane che penzolano, alla mano di vernice - dentro e fuori – all'enorme mucchio di spazzatura putrida nel cortile sul retro...

Sarà un progetto enorme. E dal momento che non ho soldi da buttare per sistemarlo, sto facendo tutte le cose fattibili per chi sia alto un metro e mezzo. Oggi è la prima volta che sistemo casa con olio di gomito e lo trovo...

Beh, frustrante ad essere onesta.

In realtà non è del tutto vero. Ho trascorso un'intera giornata la scorsa settimana a riaprire l'altro lato della casa, quello che praticamente è rimasto vuoto per anni. Ero curiosa di sapere cosa avrei trovato laggiù, quindi ho aperto tutte le porte e le finestre, ho disturbato tutti i coniglietti e le tarme della polvere.

Con leggera sorpresa, l'altro lato della casa è decorato in perfetta armonia con i miei gusti. Armadi verdi e carta da parati verde paisley in cucina. Un'ampia zona giorno con pavimenti in ciottoli, in netto contrasto con il basso divano e le sedie giallo crema. Tutti i bagni sono realizzati in discutibili tonalità di verde, rosa e giallo.

Sono anche andata di sopra e ho trovato gli stessi mobili della camera da letto, tutti in cedro e teak, i copriletti con gli stessi motivi geometrici in marrone e giallo. Ho fatto la stessa cosa che avevo fatto dal mio lato: ho tolto tutte le lenzuola dai letti sostituendole con quelle nuove e appena lavate. Ho pulito tutti i tappeti, ho aspirato tutte le tende e praticamente ho pulito come una dannata ogni superficie immaginabile.

Sì, laggiù dovrò sostituire tutto o liberarmene prima o poi, ma per ora è abbastanza pulito.

"Ehi, Signorina Lake!" chiama un ragazzo.

Giro la testa e mi copro gli occhi contro il sole. È Sam Rees, un cliente abituale ormai da dieci anni nella mia biblioteca. Indossa una divisa da campionato.

"Ehi, Sam. Come va?" gli chiedo.

"Bene," dice. "Vado a giocare a baseball."

"Beh, fantastico!" gli rispondo.

Si gratta la testa. "Oh beh... Preferirei comunque essere in biblioteca. Lei ci sarà domani?"

"Certo!" ribatto prontamente. "Fresca e pimpante per preparare tutto il materiale necessario."

Sam sorride. "Bene. Allora ci vediamo, signorina Lake!"

"Ciao, Sam," gli rispondo, ma si è già fiondato in direzione del campo da baseball della città.

Stacco via l'ultimo pezzo di quella roba nera che riesco a raggiungere, quindi inizio a scendere dalla scala. Mentre passo davanti alla finestra del piano superiore, sono quasi sorpresa nel vedere il mio zoo personale riunito lì, a guardare e ad aspettare.

Muffin mi fissa intensamente col suo occhio buono, la sua piccola coda felina che si contrae. Zack e Morris sono i miei due incroci di labrador con sei gambe tra loro; entrambi abbaiano e ansimano eccitati quando tocco il vetro. Sadie è il più speciale - è una Malamute cieca e sorda, e al momento ha la testa piegata, cerca di capire perché Zack e Morris siano eccitati.

Sorrido mentre scendo dalla scala. Sono tutti disabili in qualche modo, ma questo li rende ancora più preziosi per me. Quando arrivo a terra, vedo un uomo della mia età, alto e dai capelli scuri, venire verso di me. Porta con sé una bambina che penso abbia circa due anni. Ha i capelli più scuri, ma c'è qualcosa nel loro andamento che mi fa capire che sono in qualche modo parenti.

Guardo a destra e sinistra, assicurandomi che l'uomo abbia intenzione di parlare con me. Non c'è nessuno in vista, quindi incrocio le spalle. Mentre l'uomo si avvicina, vedo che è molto più alto di me. È più alto di me di almeno venti centimetri.

Non solo, è proprio un bel bocconcino, devo ammetterlo. Sopracciglia scure che si inclinano su occhi verde brillante, zigomi alti, labbra larghe e ricrescita della barba di più o meno un giorno. È vestito casual, porta un paio di jeans e una felpa nera con cappuccio, oltre a degli anfibi neri in stile militare. E il suo corpo mi fa quasi arrossire. È muscoloso e grosso dappertutto.

Caspita.

"Ciao," dico, mantenendo il mio tono leggero e amichevole.

Prende in braccio la bambina agganciando le sue gambe sul fianco, fermandosi davanti a me. La esamino brevemente; indossa una felpa con cappuccio grigio chiaro, leggings blu scuro e un paio di scarpe nere.

"Ehi," dice. "Ciao, io sono Charlie Lawson."

Il timbro della sua voce è inaspettatamente profondo e ruvido. Mi dà un brivido di eccitazione lungo la schiena. Improvvisamente mi sento male nei confronti della moglie di quest'uomo, perché lo desidero.

Beh non troppo *male*. Dopotutto ha il privilegio di dormire con *lui* la notte.

"Larkin Lake", dico, allungando la mano. Fa rimbalzare la bambina sul fianco, poi mi stringe la mano. Quando le sue dita avvolgono le mie, sento come una leggera scossa di elettricità. Lascia rapidamente la mia mano.

"Questa è mia figlia, Sarah", dice. "Saluta, Sarah."

La bambina ride, mostrandomi un sorriso smagliante. "Ciaaaao."

Rido. "Ciao, Sarah!"

"Stavamo pranzando al Dot's Diner laggiù", dice, facendo cenno verso il punto in cui la tavola calda è visibile, dall'altro lato della distesa d'erba. "E ho chiesto un po' in giro se ci siano appartamenti in affitto... La signora che ci ha servito mi ha consigliato di parlare con te, ha detto che potresti avere un posto."

Mi giro, socchiudendo gli occhi alla vista di casa mia. Ho un posto, è vero, ma la notizia non è ufficiale. Che mi serva di lezione per quando penserò di poter arieggiare un lato della mia casa in questa città senza che tutti vengano a saperlo.

"Sì" dico lentamente. "Però è una specie di 'ritorno al passato'. Tutto è stato installato negli anni settanta."

"È pulito?" chiede, curvando le sopracciglia.

"Beh... sì."

"Sì", mi imita Sarah, sembrando orgogliosa di sé stessa.

Lui non reagisce, la fa rimbalzare di nuovo sul fianco.

"Ha due camere da letto?" chiede.

Mi mordo il labbro prima di rispondere. "Ce ne sono tre... Vuoi... vuoi vederla?"

Restringe gli occhi per un secondo, forse per decidere se le mie parole siano davvero affidabili. "Certo."

Mi giro e li porto su per i gradini fino al secondo ingresso, costruito per rispecchiare il primo. Non è grandioso come il primo, la porta è in legno massello vecchio mentre la mia è in vetro al piombo. I due ingressi sono separati da un muro, in modo che ognuno abbia la propria metà privata del portico.

"Torno subito", dico a Charlie, che fa jogging con Sarah sul fianco. "Devo prendere le chiavi da casa mia."

Corro giù per le scale e risalgo alla mia porta. Le chiavi sono appese a un gancio appena dentro, sopra le mie file ordinate di cappotti ben sistemati sui loro ganci e di stivali da pioggia poggiati sul pavimento.

Le afferro e torno da Charlie e Sarah. Tengo in mano le chiavi come prova del mio successo, ma lui non batte ciglio.

"Allora... ti stai trasferendo qui con la tua... partner?" chiedo mentre apro la porta, spalancandola.

"Part-ner", ripete Sarah. Le sorrido.

"Esatto, ho detto partner", le dico con dolcezza.

Sono abbastanza sicura che sia etero, ma mai dire mai.

Ci spostiamo all'interno, osservando la disposizione spaziosa del soggiorno.

"No", risponde Charlie con un tono severo che non mi permette di ribattere. "Solo io e Sarah."

"Ah," annuisco mentre dentro di me muoio dalla vergogna.

Noto che Charlie non sente il bisogno di riempire le lunghe pause tra le sue parole con discorsi di circostanza. Non è come me... Io sento crescere l'imbarazzo non appena c'è silenzio.

Da quel suo atteggiamento e dall'aspetto dei suoi stivali, immagino che sia un ex militare. Mio padre era nell'esercito quando ero bambina. Si comportava in modo simile, i suoi occhi si muovevano costantemente.

"Quindi, se posso chiedertelo, perché ti stai trasferendo a Pacific Pines?" chiedo.

"Voglio essere più vicino alla mia famiglia", risponde. Spinge Sarah sul fianco, spostando la sua attenzione verso la cucina.

Lo seguo mentre si fa strada attraverso il primo piano. "E cosa fai nella vita?"

Apre uno degli armadi verdi e lo trova vuoto.

"Lavoro per me stesso", dice. "Il denaro non è un problema."

Le mie sopracciglia si alzano. "Ah sì?"

"Giù", dice Sarah, tirando la camicia di Charlie. "Giù."

Si guarda intorno, poi la mette giù. "Ti dispiace guardarla per un secondo in modo che io possa guardare le camere da letto?"

Guardo Sarah che si avvicina agli armadietti della cucina e inizia ad aprire e chiudere uno di quelli più bassi. "Certo, non c'è problema."

Svanisce verso il resto della casa. Immagino riuscirà a trovare le scale da solo. Sarah non è convinta, però.

"Papà se n'è andato!" mi dice, la sua espressione è completamente sorpresa.

È ora di distrarla. Mi sposto verso di lei e mi chino, indicando l'armadietto.

"Quello è un armadietto."

"Arma-ditto", dice.

"Armadietto", ripeto.

Sento gli stivali di Charlie sulle scale e poi lo sento camminare.

Mi guarda con espressione solenne. "Arma-dietto".

"Sìsì" mormoro. Sarah si gira e si guarda intorno.

"Dove?" grida. "Papà andato?"

"Ehi, hai visto questo?" Cerco di reindirizzare la sua attenzione aprendo un cassetto. "Guarda..."

La sua espressione diventa curiosa. "Cosa?"

Chiudo il cassetto, quindi lo apro di nuovo. Si avvicina e mette la sua piccola mano sulla mia, spingendola fino a quando il cassetto si chiude. Guarda in su verso di me.

"Funziona", dice con grave solennità.

"Sì." Apro di nuovo il cassetto e mi guarda con occhi serissimi.

Sento Charlie tuonare giù per le scale e pochi secondi dopo riappare in cucina.

"Pa!" strilla Sarah, alzando le braccia. "In braccio!"

Charlie la risolleva fra le sue braccia. Sembra completamente felice. C'è qualcosa nel modo in cui il suo piccolo pugno si attacca alla sua felpa, un'emozione che non riesco a descrivere e che mi crea un nodo in gola.

"Mi piace", mi dice. "Preferirei non essere in affitto. Pagherò di più se devo. Sempre se per te va bene ovviamente."

"Beh, non avevo intenzione di risistemarlo immediatamente... quindi comunque non ho ancora un contratto di locazione," dico con un'alzata di spalle. "Cosa ne dici di... ottocento al mese?"

Non reagisce, si limita a scrollare le spalle. "Va bene. Primo e ultimo mese di affitto come caparra?"

I miei occhi si spalancano. Sono un sacco di soldi. Però aveva detto che non era un problema. "Certo."

"Posso trasferirmi subito?" chiede.

"Subito," ripete Sarah, poi scoppia a ridere. È difficile non sorridere.

"Sì, certo. Hai un sacco di cose?" chiedo.

"No", dice. "Probabilmente abbiamo meno di sei borse ciascuno, nient'altro."

"Davvero?" gli chiedo, sorpresa.

"Davvero", dice, allungando la mano verso il portafoglio. Estrae con disinvoltura un pacchetto di denaro dal suo portafoglio mentre Sarah trova il filo del cappuccio della sua felpa e lo tira. Lui conta i soldi, poi me li consegna. "Tieni. Dovrebbero essere circa seicento."

Mi porge il denaro. "Fantastico. Ecco le tue chiavi. Vuoi che guardi Sarah mentre porti le tue borse?"

"No", dice. "Ce la caveremo."

"Va bene," dico con un'alzata di spalle. "Allora ci vediamo in giro. Ciao Sarah."

Sarah dice una serie di parole senza senso, ma lo prendo come un saluto. Cammino in giro per casa tornando verso la mia scala, con un'espressione corrucciata.

In qualche modo, sembra molto meno interessante rispetto a un'ora fa. Sposto la scala e salgo di nuovo. Se salgo fino in cima e mi alzo in punta di piedi, riesco a vedere Charlie e Sarah fare avanti e indietro sull'erba verde, probabilmente con la sua macchina, qualunque essa sia.

Charlie è fondamentalmente un grande punto interrogativo per me, anche se bello. Certo, non posso dire di non essere contenta di avere una tale delizia per gli occhi...

E Sarah è un plus davvero adorabile nell'affare.

Sospiro e torno a scrostare la robaccia nera dalla grondaia.

3

CHARLIE

Il mattino successivo mi sveglio con Sarah, due anni, che mi fissa con un'espressione accigliata. L'avevo messa a dormire nel suo box, ma ovviamente è cresciuta troppo, dato che si sta arrampicando sul mio petto in questo momento.

Rimango sdraiato lì per un secondo, sentendo il sudore dovuto al mio incubo che fa aderire al mio corpo la maglietta di cotone e i pantaloni del pigiama. La stanza in cui ci troviamo mi dà una *sensazione* strana, e mi ci vuole un secondo per ricordare che non abbiamo mai dormito qui prima d'ora.

Sarah mi scruta, i suoi capelli scuri sono un groviglio selvaggio. Ha lo sguardo di sua madre, e la cosa mi fa male al cuore ogni volta che la guardo.

"Ogno?" mi chiede.

"Sogno, sì" sospiro, spostandola di lato e sedendomi. "Hai dormito bene?"

"Dormito!" cinguetta.

"Devi andare in bagno?"

Sarah ci pensa, poi scuote la testa. "No."

La osservo con scetticismo. Ha cominciato a farla da sola circa un mese fa. Mi fa sempre un po' strano scoprire che è andata in bagno da sola.

"Ho scarichiato", dice. Mi fido e lo interpreto nel senso che è andata da sola.

"Va bene. Hai fame?" le chiedo mettendomi in piedi.

"Certo!" mi risponde, subito allegra dopo aver sentito parlare di cibo. Cosa posso dire, la bimba ama il cibo.

"Ok. Allora vediamo un po' di vestirci," dico, tendendole la mia mano.

Passiamo i soliti momenti di una routine mattutina. Riesco a distrarla con cereali e cartoni animati sul mio iPad abbastanza a lungo da farle una doccia ultra veloce.

In un certo senso, è bello che io sia impegnato a fare il bagno a Sarah, o a cercare di aiutarla a scegliere i vestiti, perché così non penso a quello che ho intenzione di fare dopo, cioè presentarmi senza preavviso a casa di mio padre con Sarah al seguito.

Mio padre si è allontanato da me da quando ho deciso di arruolarmi nell'esercito, quasi dieci anni fa. Avevamo discusso perché gli avevo chiesto di sentirsi occasionalmente con la mamma mentre sarei stato al campo di addestramento.

"C'è una ragione se ho divorziato", mi ringhiò contro. "Quella stronza è completamente pazza."

Ma non tanto pazza da lasciarti in affido tuo figlio, credo, pensai fra me e me.

Sì, è meglio penare a preparare abbastanza snack e mutande di ricambio per Sarah. Sono diventato esperto nell'ingoiare le mie paure, preoccupandomi di ciò che ho di fronte invece di cose più lontane nel futuro.

Un'ora e mezza dopo la sveglia, siamo entrambi vestiti e

pronti, meglio di così non potremmo fare. Porto fuori Sarah, la mia borsa per il pc e la sua borsa per pannolini.

Socchiudo gli occhi alla luce del primo mattino mentre mi dirigo verso la mia berlina. Vedo la padrona di casa, Larkin, chiudere a chiave la sua porta.

Distolgo istintivamente lo sguardo, ma basta un'occhiata per far incastrare l'immagine di Larkin nel mio cervello.

Ha un corpicino minuto, forse un metro e mezzo, e peserà a occhio e croce una cinquantina di kili. Ha lunghe trecce bionde che si arricciano leggermente verso le estremità, e il suo viso è a forma di cuore, con grandi occhi color ambra, un naso all'insù e una bocca che mi fa pensare a fantasie sporche.

L'ultimo pensiero mi fa sentire scontento. È vestita in modo piuttosto sobrio, con una gonna rossa che scende sotto il ginocchio, una maglia blu che copre tutto fino al collo e un cardigan giallo.

"Ehi!" Larkin mi saluta, afferrando e portandosi al fianco un box pieno di fogli dall'aspetto pesante. "Ciao, Sarah."

Sarah emette un suono eccitato, rimbalzando su e giù tra le mie braccia. Saluta Larkin con la mano. "Burger."

Larkin ride. "Sembra che tu sia di buon umore, Signorina Sarah."

Sarah risponde con una serie di parole senza senso.

"Già, suppongo sia loquace oggi," dico, girandomi verso la macchina.

"Penso che sia normale per i bambini della sua età", dice Larkin, seguendoci.

"Sei un'insegnante?" le chiedo, guardando di nuovo i suoi vestiti.

"Una bibliotecaria", risponde. "Ma abbiamo molti bambini della tua età, non è vero Sarah?"

Sarah sorride e batte le mani. Credo adori il fatto che qualcuno dica sempre il suo nome.

"A più tardi" dico, accelerando il passo. "Devo scappare."

Lascio indietro Larkin e mi costringo a pensare all'imminente visita a sorpresa che sto per fare a mio padre. Preferirei pensare a papà piuttosto che affrontare un'ipotetica attrazione per la mia bella padrona di casa.

La casa di papà e il suo negozio di ferramenta sono a un solo isolato di distanza. Guido fino al negozio... Sembra lo stesso di sempre. È un piccolo edificio tozzo con un piccolo tetto grigio. Mi è sempre sembrato un po' un vecchio yorkshire con la frangia troppo cresciuta, almeno ai miei occhi.

Il cartello sulla porta dice "chiuso", quindi giro intorno all'isolato e parcheggio di fronte al rivestimento verde, tutto consumato e di ferro battuto arrugginito, davanti alla casa a due piani di papà. Prendo fiato mentre osservo il prato troppo incolto e la plastica tutta scrostata della buca delle lettere.

Già. Questo posto non è cambiato nemmeno un po'. La porta d'ingresso si apre e la mia matrigna esce con una scopa, spazzando via il portico. Il prato potrebbe essere di competenza di mio padre, ma a quanto pare del portico se ne occupa lei. Rosa è invecchiata un po' in dieci anni, ma si muove ancora bene, con la bellezza guatemalteca che ha stregato mio padre.

Sarah emette un gridolino casuale, acuto, contorcendosi per scendere dal suo seggiolino. Vedo Rosa guardare la mia macchina, perplessa. Mi volto e guardo Sarah, cercando di tranquillizzarla.

"Sarah, ehi!" Dico con il tono più brillante che riesco a tirar fuori. "Ecco il tuo giocattolo..."

Lei torna tranquilla, stringendo la palla che le ho appena dato. "Palla."

Torno al mio finestrino e trovo Rosa che sta per bussare sul vetro. Sospirando, tiro giù il finestrino. "Ehi, Rosa."

"Charlie, esci subito da quell'auto", dice in inglese ma col suo forte accento straniero. "Lasciati vedere."

"Uhhh...". Lancio un'occhiata a Sarah, che sta felicemente strizzando il suo giocattolo. "Va bene."

Apro la porta ed esco, torreggiando su Rosa. Si mette le mani sui fianchi per un secondo e increspa le labbra. Poi si scioglie in un sorriso, abbracciandomi.

Per un secondo non so come reagire. Mi irrigidisco. È passato molto tempo da quando qualcuno diverso da mia figlia mi ha dato dimostrazioni d'affetto fisico. Poi mi costringo a rilassarmi, abbracciandola con tutto il cuore.

"Sembri dimagrito", mi dice lei. "Ma mangi?"

"Ma certo, mangiamo alla grande." Mi libero dal suo abbraccio.

Rosa guarda intorno a me, scruta Sarah. "Chi è lei? È tua figlia?"

Sarah sorride sfacciatamente a Rosa, agitando la palla.

"Lei è Sarah", dico, un po' imbarazzato dal fatto che questo è il modo in cui Sarah incontra i nonni per la prima volta. Sarah è improvvisamente snervata dalle restrizioni sul suo corpo, vuole uscire dal seggiolino.

Rosa schiocca la lingua in segno di sorpresa. "Beh, non startene lì impalato, tirala fuori dal sedile!"

Apro la portiera e libero Sarah dal seggiolino, tenendola in braccio e chiudendo la portiera. Rosa la guarda, con gli occhi appannati.

"Questo è il mio primo nipote, sai?" risponde lei. "Avresti dovuto portarla prima."

Allunga le braccia verso Sarah, ma Sarah non è interessata ad andare da lei: gira la testa e posa la testa sulla mia spalla, prendendo nel suo pugno la mia felpa col cappuccio.

"Mi dispiace", scrollo le spalle. "Le ci vuole un pochino per abituarsi alla maggior parte delle persone."

Tranne alla padrona di casa, penso.

"Nessun problema", dice Rosa, dandole una carezza sulla schiena. "Dai, vieni dentro. Dale e tuo padre saranno felici di vederti." Si avviò dall'altra parte del cortile, aspettandosi che la seguissi. "Adesso ha ventiquattr'anni, sai. È grande e forte, proprio come suo padre e suo fratello. "

Fratellastro, penso. *Mi piaci, Rosa, ma hai rubato mio padre a mia madre. Non l'ho dimenticato. Proprio come non ho dimenticato che la mamma è morta mentre ero dall'altra parte del mondo, e nessuno era andato a trovarla.*

Ma tengo i miei pensieri per me. E poi, tutta la situazione con mia madre è troppo intricata per essere risolta. Quelli sono fili che preferirei spazzare sotto il tappeto piuttosto che tirare, specialmente in questo momento.

Rosa apre la porta e si fa da parte, facendomi entrare. Il soggiorno non è cambiato nemmeno un po' dall'ultima volta che sono stato qui. Ci sono le stesse poltrone reclinabili grigie e lo stesso triste divano in pelle scamosciata marrone, tutte raggruppate attorno a un antico televisore. Le stesse foto di famiglia, disposte sul muro in un ammasso, come un santuario per mio fratello.

La grande sorpresa è che mio padre non è seduto sulla sua poltrona, con tutte le sue lattine vuote e ammucchiate di Budweiser. Ma comunque è ancora mattina. Forse devo solo dargli tempo.

"Dale! Jax!" chiama Rosa. "Venite a vedere chi c'è qui fuori!"

Passiamo in quella che un tempo era la sala da pranzo... e che ora non lo è più. E' una...

Una piccola sala da yoga.

Rimango a bocca aperta mentre guardo mio padre e mio

fratello seduti a gambe incrociate su stuoie da yoga verdi. L'intera stanza un tempo era ricoperta di un orribile moquette, ma è stata sostituita con un nuovo pavimento in parquet.

"Charlie!" dice mio padre sorpreso. Si alza. "Cosa ci fai qui?"

È facile capire da chi abbiamo ripreso in altezza e aspetto io e Jax; guardare mio padre è come guardare una casa degli specchi. Ha i capelli scuri e gli occhi verdi, anche se ora i suoi capelli sono grigi. Ora che lo guardo, in realtà è più magro di me.

E Jax è il suo clone, il nostro clone, sebbene con una carnagione leggermente più olivastra.

"Sono venuto a trovarvi", dico. Non è proprio così. Ma non sono più al centro dell'attenzione, perché mio padre ha messo gli occhi su Sarah.

"Ohhhh..." dice, la sua mascella cade più della mia dopo che ho visto la sala yoga. Mi guarda. "Questa è...?"

Giocherello con Sarah che si sta dimenando, vuole che la metta giù. "Già. Sarah. Non voglio farla scendere, o temo che ti distruggerà la casa."

"Giù!" Sarah urla. Sta iniziando a diventare rossa, il che non è un buon segno. Di solito poi segue uno scoppio d'ira. "Giù!"

"Mettila giù. Lasciala esplorare", dice Rosa.

Lancio un'occhiata a mio padre e annuisce in segno d'accordo. Mi chino e metto i piedi di Sarah a terra. Corre immediatamente alla finestra e si alza in punta di piedi per guardare fuori.

"Cos'è?" dice guardando Rosa.

Rosa, felice di essere inclusa, si inginocchia accanto a Sarah. "Quello è un albero."

"Albero", dice Sarah, con la fronte corrugata.

"Hey", dice Jax, alzandosi in piedi. "Ciao."

Jax si avvicina e mi abbraccia. Ancora una volta, è un po' strano essere abbracciati.

"Ehi, amico", dico. "Che bello rivederti."

Jax si tira indietro e mi guarda. "Mi dispiace molto per Britta. Ho provato a chiamare un paio di volte... "

È vero: ci ha provato, anche mio padre e Rosa ci hanno provato... probabilmente altre cento persone hanno provato a chiamarmi. Io ho semplicemente spento il telefono, e alla fine ho cambiato numero.

"Sì... Beh... È colpa mia", dico, massaggiandomi la nuca. "Le cose sono diventate un po' difficili in questo periodo."

Questo è tutto quello che riesco a dire degli ultimi due anni, o almeno quello che riesco a dire senza che i miei occhi si riempiano di lacrime. Sarah è l'unica ragione per cui ho scelto di continuare a vivere; e anche ora, vivere è una parola grossa.

Non so proprio come chiamare quel ciclo dello svegliarsi, lavorare, mettere mia figlia a letto e poi singhiozzare disperatamente stretto al mio cuscino non appena sono sicuro che Sarah non possa sentirmi.

Mio padre allunga la mano e mi dà una pacca sulla schiena. "Siamo contenti che tu sia qui adesso, Charlie."

Sorrido cupamente. "In realtà, ho appena affittato un posto in città."

Papà e Jax mi fissano entrambi. Jax è il primo a parlare. "Proprio per... abitarci?"

"Già, pensavo fossi solo in visita." Mio padre sembra perplesso.

"No, non mi sono espresso molto bene", dico con un'alzata di spalle. È difficile non mettersi sulla difensiva, ma faccio del mio meglio. "Rimarremo qui sicuramente per alcuni mesi."

"Fantastico, Charlie", dice mio padre. "Dovreste proprio venire a cena domenica."

La cena della domenica sembra un'ottima scusa per mio padre affinché si ubriachi e urli a chiunque abbia la sfortuna di stargli vicino.

Lancio un'occhiata a Sarah, che ora ha abbandonato la finestra per esplorare le stuoie di yoga. Solleva uno degli angoli dei tappetini, guardando sotto, come se potesse esserci una sorpresa. Quando trova solo il pavimento, si acciglia.

"Oh beh... Meglio di no." dico scuotendo la testa. "Non mi piace molto che Sarah veda gente che beve."

Mio padre arrossisce. "Io, ehm... Sono sobrio da quasi un decennio, ormai. Non beviamo più durante la cena della domenica. Dopotutto è il giorno del Signore."

Sono così sbalordito, rimango davvero di stucco. Sinceramente non ricordo nemmeno una volta in cui mio padre *non* avesse bevuto.

"Sì, di solito abbiamo degli ospiti della parrocchia", dice Jax. "Dovresti davvero venire."

Con la coda dell'occhio vedo Rosa abbracciare Sarah. All'inizio Sarah sembra incerta, ma poi appoggia la testa sulla spalla di Rosa.

"Ci penseremo", dico.

"Cavolo, devo andare", dice Jax. "Devo fare la doccia prima di andare al lavoro."

Alzo le sopracciglia. "Ah sì?"

"Sì. Devo tornare a casa. Ascolta, ti chiamo e uno di questi giorni mangiamo un boccone insieme."

Devo dire che, qualunque cosa abbiano fatto papà e Rosa con Jax, l'hanno fatta bene. Attraversa il soggiorno con sicurezza. Annuisco vagamente mentre mi dà le spalle.

"Anche noi dovremmo andare", dico.

"Così presto?" protesta Rosa con aria abbattuta.

"Sì sai, devo andare a lavorare," mento. "Lavoro come analista aziendale da remoto," che è un modo nerd per dire "Ho orari flessibili."

Rosa fa di nuovo un verso deluso, ma non fa storie. Dà a Sarah un ultimo abbraccio. "Ciao *Reinita.*"

"Ciao?" risponde Sarah con aria un po' triste quando Rosa si alza.

Il cuore mi si torce nel petto quando mi rendo conto che Sarah non ha avuto molta attenzione femminile nella sua breve vita.

"Pensaci per domenica", dice mio padre. "Faremo un picnic, magari passa a prendere il dessert al supermercato."

Mi fa l'occhiolino e devo impegnarmi per mantenere un'espressione naturale. Chi è questo magro hippy che ama lo yoga e non beve più... Che fine ha fatto fare a mio padre?

"Hey!" Gli dice Rosa. Un verso che a me dice: "Non portar altro se non la tua piccola *pobrecita.*"

"Va bene. Ci penseremo su," ripeto, chinandomi e prendendo Sarah in braccio.

"Ecco, lascia che ti accompagni alla porta", dice Rosa, parlando in tono premuroso come una mamma chioccia.

"Ciao," dico, girandomi e uscendo da lì.

Sarah borbotta un insieme di cose incomprensibili, salutando Rosa. Vedo Rosa stringersi il pugno sul petto quando apro la porta.

Sono a metà strada verso la macchina quando la faccia di Sarah comincia a corrugarsi.

"Signora!" geme, indicando la casa. "Tornare lei!"

Non so cosa sia preso a Sarah con la gente; prima la padrona di casa, ora Rosa. È molto difficile infilare Sarah in macchina, agganciarla al seggiolino.

Quando chiudo la sua portiera, mi fermo un secondo

per respirare. Guardo la casa e vedo mio padre e Rosa che mi fissano. Rosa alza la mano in un saluto incerto.

Restituisco il saluto, poi salgo in macchina. Sarah urla a volume massimo mentre io mi allontano, carico di un'angoscia che non so definire.

4

LARKIN

È un tardo lunedì pomeriggio mentre parcheggio la mia vecchia Toyota Camry dietro casa mia. È l'inizio del mio fine settimana, dato che il martedì e il mercoledì non lavoro.

È stata una settimana estremamente dura in biblioteca, con il capo lì ad insistere sul fatto che dobbiamo diventare più efficienti piuttosto che assumere altre persone per le due posizioni vuote che abbiamo. Ho trascorso tutta la settimana trattenendo il respiro e cercando di non farmi notare.

Così, quando torno e apro la porta di casa, sono particolarmente felice di essere qui. Ancora di più quando sono accolta dal mio piccolo zoo.

"Ciaooo," saluto teneramente Morris, che sembra essere il primo a spingere il naso sotto la mia mano. "Ma ciao, ragazzi!"

Zack spinge Morris da parte e anche Sadie si fa largo. Chiudo la porta e appendo la borsa all'attaccapanni, poi mi sfilo le ballerine e le spingo in un angolo.

"Chi vuole una sorpresa?" dico.

Zack e Morris impazziscono, il che fa impazzire anche

Sadie. Sorrido mentre attraverso il soggiorno e mi dirigo in cucina, creando dietro di me una coda fino al barattolo per i dolci sul bancone della cucina.

Faccio sedere tutti, assicurandomi di toccare il pavimento con i miei comandi in modo che anche Sadie possa partecipare. Mentre loro mangiano le loro prelibatezze, tiro fuori la sacca dei premi di Muffin.

Il solo suono dell'apertura induce Muffin a sfregarsi contro le mie gambe e a farmi le fusa. Le do un croccantino, poi la accarezzo dietro le orecchie mentre lei abbassa la testa per mangiare.

Torno nel mio soggiorno, crollando sul divanetto. Tiro via un filo dal mio vestito rosa shocking, sospirando. È bello essere a casa.

Accanto sento la porta chiudersi con un botto attutito, mi mordo il labbro. Sono così curiosa di sapere cos'hanno combinato Charlie e Sarah negli ultimi giorni; li ho a malapena visti o sentiti da quando si sono trasferiti.

Penso a Charlie, con la sua statura imponente e quegli occhi verdi penetranti, e avverto un brivido. Non so esattamente cosa abbia di così intrigante. Forse è la sua indifferenza un po' stoica, o forse è qualcosa riguardo al modo in cui guarda Sarah. Protettivo, ma anche un po' emotivamente sconnesso.

Poi c'è il fatto che alcune delle macchine arrugginite sul retro del cortile continuano a lavorare in veranda, pulite e di nuovo funzionanti. Posso solo supporre che sia stato lui, ma non sono sicura del perché.

Non lo so. Ma, qualsiasi sia il motivo, lo rende un grande enigma che non vedo l'ora di risolvere. Devo capirlo a fondo, in modo da poter trovare qualcos'altro di cui preoccuparmi.

Mi alzo e mi dirigo in cucina. Ho un'enorme brocca di tè

freddo lasciato a macerare nella vetrina dall'alba.

Se fossi davvero una buona vicina, farei un salto da loro con quel tè, mi dico.

Sfilandomi il cardigan bianco, afferro la brocca di tè e tre bicchieri di plastica, poi mi dirigo alla porta accanto. Faccio un respiro profondo mentre rimango di fronte alla sua porta.

Posso farcela.

Busso. Sento Sarah correre verso la porta prima che Charlie la apra solo un po', per non far sgattaiolare Sarah fuori. Lui mi guarda un po' confuso.

"Sì?" chiede.

"Ehi", dico, mettendo in mostra la mia brocca di tè. "Volevo solo... Ho preparato del tè. Volevo assicurarmi che tutto fosse andato per il meglio col trasloco. Sai, fare gli onori di casa."

Sarah grida con tutta l'aria che ha nei polmoni e Charlie apre la porta per farle vedere cosa stia succedendo.

"Laken!" urla lei. "Succo?"

"Sì, sembra proprio che abbia portato del succo", dice Charlie facendo un passo indietro. "Entra pure, Larkin."

"Va bene," dico entrando. "Oooh!"

Sarah si getta completamente alle mie gambe, abbracciandomi. "Laken!"

Le sorrido, ma Charlie cerca di farla staccare con decisione.

"Dai, Sarah", dice. "Vieni in cucina così Larkin può versarti un po' di tè."

Prende Sarah, portandola in cucina. Chiudo la porta e lo seguo, poso la brocca sul bancone della cucina. Mentre verso il tè, mi guardo intorno.

"È un po' inquietante per quanto è simile al mio lato della casa", dico.

Charlie mi guarda, la sua fronte si solleva leggermente. Accetta un bicchiere di plastica da parte mia, bevendo un sorso prima di passarlo a Sarah.

"Fai attenzione", avverte Sarah, che fa un grosso sorso e poi appoggia la tazza sul pavimento. Poi il silenzio si insinua fra noi.

Il silenzio mi rende nervosa.

"Quindi, ehm..." Dico, facendo roteare il tè sul fondo della mia tazza. "Perché vi siete trasferiti qui, di nuovo?"

Mi guarda, e per un secondo penso che stia per buttarmi fuori dal suo appartamento. Si stringe nelle spalle.

"Abbiamo la mia famiglia qui", dice.

Sono così curiosa di sapere da dove vengano... e perché NON parlano di nessuno... specialmente della mamma di Sarah per esempio. Mi mordo il labbro inferiore, sperando che mi dica qualcosina in più.

"Buono succo", dice Sarah indicando la sua tazza.

Charlie la guarda sorridendo debolmente. È la prima volta che vedo un accenno di sentimento positivo da parte sua, questo è certo.

"Quindi, stai cercando un po' di... riavvicinarti alla tua famiglia?" chiedo.

C'è di nuovo quella pausa, la fronte di Charlie che si corruga. "Credo di sì. Sarah non ha mai trascorso del tempo con questa parte della famiglia."

Quindi questo significava che aveva trascorso del tempo con l'altra parte? Il mio cervello si ingarbuglia un attimo, cerca di capire quale sia la loro storia.

Sarah ribalta la tazza sul pavimento e fa una faccia comicamente triste. Charlie si sta già spostando per prendere un mucchio di carta assorbente per asciugare il tè.

"Mio succo!" Sarah geme, afferrando la tazza e continuando a spargere il tè.

"Aspetta," dice Charlie, accovacciandosi accanto a lei e cercando di porre rimedio al suo pasticcio.

"Vieni qui, Sarah," dico, facendole cenno. "Ti do un po' del mio, ok?"

Sarah lascia cadere la tazza e fa pochi passi per raggiungermi, stringendo le braccia attorno alle mie gambe. "Craaassie!"

Immagino che sia il "grazie" dei bimbi di due anni. "Di niente!"

Mi inginocchio per essere alla sua altezza, permettendole così di bere qualche sorso di tè. Noto che Charlie ci lancia delle occhiate mentre pulisce il tè versato, poi si alza per gettare via la carta assorbente tutta fradicia. Non riesco a capire se il fatto che non voglia farsi sorprendere a guardarci apertamente sia positivo o negativo.

Capisco però che vuole solo essere lasciato in pace. Se Sarah non esistesse, forse lo lascerei stare. Ma ho la sensazione che mentre Charlie vuole nascondersi e starsene sulle sue, Sarah vuole incontrare nuove persone e fare cose nuove.

Voglio aiutarla a fare quelle cose. E il fatto che suo padre sia un uomo misterioso e sexy...? È solo un bonus, la ciliegina sulla torta.

Non c'è niente che io ami più di un enigma.

Per legare di più con Sarah e scoprire pian piano qualcosa in più su Charlie, dovrò prolungare questa interazione. Devo chiedergli un favore, fargli fare qualcosa.

La mia mente vola sulle macchine pulite e riparate in cortile. Le parole mi escono di bocca prima ancora che le abbia davvero pensate.

"Ehi, ti andrebbe di dare un'occhiata alla mia lavastoviglie?" sputo istintivamente.

Mi dà uno sguardo quasi contrariato. "... La tua lavastoviglie?"

"Sì", dico, diventando nervosa. Sento che i miei palmi iniziano a sudare e il mio viso inizia a scaldarsi. "Ho notato che hai pulito e sistemato gli attrezzi nel cortile..."

Stringo il pollice sopra la spalla, come se la mia spiegazione chiarisse qualcosa.

La sua bocca si abbassa, ma non dice di no. "Sì, va bene."

"Ti dispiace se porto io la signorina Sarah?" dico, voltandomi verso di lei. Comincia a chiacchierare con me, le sue parole sono in gran parte farfugliamenti da bambina.

Charlie esita, poi annuisce. "Okay."

Mentre prendo in braccio Sarah, non posso fare a meno di pensare che ho inconsapevolmente superato una specie di test. Charlie non sembra fidarsi o legare con molte persone, ma mi permette di prendere Sarah in braccio senza problemi.

Entriamo dalla porta di vetro colorato e Sarah è subito felice di vedere i miei amici animali. Morris e Zack sono proprio ai miei piedi, annusano Sarah e Charlie con attenzione. I cani comunque sembrano abbastanza entusiasti, perché scuotono la coda dopo un secondo.

"Cane!!" strilla lei, raggiungendo i curiosi nasi di Zack e Morris. Sarah guarda Charlie. "Papà, cagnolino?"

Charlie mi guarda, incerto. "Vanno d'accordo con i bimbi di due anni?"

"Certo. Ma solo per sicurezza, terrò Sarah per tutto il tempo", prometto. Sadie preme il naso sotto la mia mano e la accarezzo. "Questa è Sadie. Lei non può né vedere né sentire. E quello è Morris, e quello è Zack. Sono tutti disabili."

Sarah tende la mano a Sadie che la annusa. Sarah scoppia in una risata e ritrae la mano con uno scatto.

"Allora... per la lavastoviglie?" mi ricorda Charlie.

"Oh! Giusto. Vieni in cucina."

Porto Sarah in soggiorno e attorno al bancone della cucina a ferro di cavallo. Indico la lavastoviglie.

"Proprio lì", dico con un sospiro. "L'ho usata come uno scolapiatti da quando sono tornata qui."

Charlie guarda la lavastoviglie, che probabilmente è vecchia quanto me. Si accovaccia con un'espressione accigliata, aprendola e tirando fuori la griglia inferiore. Non posso fare a meno di notare quanto sia enorme quando è vicino al bancone; la sua testa arriva abbondantemente sopra il piano di lavoro persino quando è accovacciato.

Sistemo Sarah sul fianco, cercando di tenerla attentamente, ma lei non vuole essere trattenuta. Ha capito che Sadie si lascerà coccolare all'infinito, quindi vuole essere messa giù.

Charlie ci guarda mentre infila il braccio nella lavastoviglie, estraendo diversi pezzi di plastica. Vedo la sua espressione concentrata mentre tasta i vari pezzi interni.

"Ah", dice annuendo. "Sì, è rotta. È un intervento super economico e semplice. Devi solo ordinare il pezzo da Amazon o in un qualunque negozio di elettrodomestici."

"Voglio giù!" Sarah insiste, scalciando e battendo i suoi piccoli pugni sul petto e sul braccio. "Cagnolino!!"

Sta diventando rossa sotto l'effetto della sua rabbia che monta.

"Puoi farla scendere," dice Charlie, indicandomi con la mano il pavimento. Si alza, spolverandosi le mani. "Altrimenti avrà una crisi isterica."

La metto giù e lei comincia subito a giocare con Morris che sta bevendo dalla sua ciotola d'acqua dall'altra parte della cucina. Sono proprio lì dietro di lei, pronta a difenderla dai cani. Fortunatamente, sebbene Sarah afferri il pelo di Morris, Morris si limita ad ansimare e cerca di leccarla.

"I tuoi cani sono buoni con i bambini", dice Charlie. "Non me lo aspettavo."

"Beh, Sarah non è la prima bambina che hanno incontrato." Mi chino e accarezzo Morris mentre parlo. "Zack e Morris sono in realtà cani da terapia certificati. Li porto in biblioteca a volte, per far ascoltare loro i bambini che leggono. Era di Sadie che avevo un po' paura, anche se ha incontrato bambini un po' più grandi di Sarah e si è comportata molto bene."

Lui annuisce, guardando attentamente Sarah.

"Quindi adotti cani che hanno bisogno di aiuto?" dice appoggiandosi al bancone della cucina.

"E gatti! Ho una gatta qui da qualche parte, ma è super timida."

"Immagino che Sadie ti richieda parecchio tempo," dice lui annuendo.

"All'inizio sì. Ho preso Sadie quando era solo un cucciolo, da un allevatore che non sapeva cosa farsene. Ma una volta che Sadie ha imparato i comandi..." Faccio una pausa, battendo due volte il piede sul pavimento. Sadie si siede immediatamente. "Puoi accarezzarla se vuoi!" Mentre lo guardo, Charlie la accarezza affettuosamente dietro le orecchie. Sorrido. "Comunque, ora che conosce i comandi, viviamo una vita abbastanza tranquilla. Non è vero?"

Arriva Zack, geloso dell'attenzione che Morris sta ricevendo da Sarah. Sarah non potrebbe essere più felice, accarezza Morris con entrambe le mani e gli sorride.

Osservo Charlie mentre la guarda, cerco di fissare in testa i loro tratti fisici comuni. I loro zigomi sono simili e i loro occhi sono dello stesso verde brillante. Non posso fare a meno di chiedermi che aspetto abbia il pezzo mancante, la madre da cui Sarah ha chiaramente preso i colori.

Sarah dà una pacca ai cani, felice. Vedo che Charlie sta

quasi sorridendo di nuovo, il suo viso ora è liscio e libero dalle rughe che della preoccupazione. Mi chiedo se si renda conto che è mille volte più bello quando è quasi felice.

Dovrei fare altro piuttosto che contemplare la bellezza di Charlie. Dovrei davvero. Personalmente dovrei solo essere di passaggio a Pacific Pines, sistemare la casa di mia madre e poi andare via.

E Charlie... qualunque sia il suo strano problema che lo ha allontanato dalla sua compagna e gli ha lasciato dentro un casino oscuro e represso...

Sì, beh, non dovrei voler averci niente a che fare. Ma è più forte di me, devo almeno sapere perché lui e Sarah sono qui da soli.

"Ti dispiace se ti faccio una domanda personale?" dico. Catturo l'attenzione di Charlie e la sua espressione accigliata ricompare sul suo volto.

"Dipende", dice in tono talmente basso che sembra quasi un ringhio.

"Dov'è sua... M-A-M-M-A?" Dico, facendo lo spelling per camuffare quella parola alle orecchie di Sarah.

Immediatamente la sua espressione diventa scura. "Dovremmo andare."

Porta via Sarah, sembrando in preda ad un istinto omicida. Suppongo che la risposta alla mia domanda debba essere davvero cattiva. Charlie inizia ad andarsene, dirigendosi verso il soggiorno.

"Allora ci rivediamo...?" chiedo, seguendoli.

"Sì", dice, camminando verso la porta di casa mia.

La apre e poi se ne vanno, la porta sbatte dietro di loro.

Mi appoggio al muro del soggiorno, incerta su quello che ho fatto.

5

CHARLIE

Accidenti Larkin, penso rigirandomi nel letto. Sono in dormiveglia, semicosciente.

Penso a ieri pomeriggio. Ero in cucina, appoggiato al bancone di una cucina non *del tutto* mia, a braccia conserte. Osservavo Sarah, i suoi capelli scuri che ricadevano sulla camicia bianca a maniche lunghe, le manine paffute che affondavano nella pelliccia dei cani.

Ciò non significa che io non abbia notato Larkin. Come avrei potuto non farlo? È oggettivamente bellissima, con i suoi lunghi capelli biondi e i suoi incantevoli occhi color caramello. Dopotutto sono ancora un uomo focoso, e lei ha delle curve perfette.

Quello che intendo dire è che non sono immune al suo fascino. Non mi ero dimenticato di Britta, non potrei mai. Ma in quel momento non ci stavo pensando.

Pensavo che sarebbe stato bello per Sarah fare amicizia con la nuova vicina, e il fatto che

quest'ultima fosse anche carina non fosse affatto un problema.

Ma quella domanda è stata la mia rovina.

Ad un certo punto Larkin ha chiesto: "Dov'è la... M-A-M-M-A di Sarah?"

Mi è crollato il mondo addosso.

Mi giro e rigiro nel letto, provo a prendere sonno.

Sogno di essere sul sedile del passeggero di un Humvee nero che corre lungo la strada fuori

Damasco, devastata dalla guerra. Ovunque guardi, il paesaggio è di un color sabbia brillante e uniforme, infinite dune a perdita d'occhio.

Siamo su una strada a senso unico che porta direttamente a nord della città. Superiamo piccole deviazioni qua e là e ogni tanto anche figure solitarie in abiti polverosi, con un carico sulla

schiena.

Per il resto, vedo solo infinite dune di sabbia. Damasco si vede appena.

Grazie all'aria condizionata, qui dentro è fresco tanto quanto sembra esserlo fuori. Sento

la pelle d'oca sulle mie braccia, sotto la mia camicia di lino bianca.

Tutto all'interno dell'Humvee è nero o mimetico, verde e marrone. Osservo i volti dei tre

uomini che mi scortano dalla base aerea di Rayak in Libano fino a Damasco.

Sono tutti uguali, controllano il deserto fuori dalla vettura alla ricerca di eventuali cambiamenti che potrebbero influire sulla missione.

Noto in particolare l'autista, il sergente Ellis Jordan. I suoi lineamenti sono schiacciati e scuri, ad eccezione del bel sorriso ampio e degli occhi luminosi. Sorride da quando mi è venuto a prendere. Se riesce a ridere durante un tragitto così pericoloso come quello verso Damasco, allora sono abbastanza sicuro che il suo sorriso sia una costante.

Abbasso lo sguardo sulla mia cartella marrone, strofinando nervosamente la tela
ruvida tra due dita. Dentro ci sono dei misteriosi documenti importanti: mi è stato
ordinato di bruciarli nel caso venissi catturato, piuttosto che lasciarli cadere nelle mani dei
nemici.
Strizzo gli occhi dietro gli occhiali da sole a causa della luce, ansioso di arrivare a
Damasco. Faccio parte di un team di agenti della CIA che sono stati portati nella capitale
della Siria per una sorta di missione segreta, fuori dal comune. Mi irrigidisco quando
tutti scendono, e gli uomini che mi accompagnano sembrano fare lo stesso.
Catturo anche il minimo sguardo di molti uomini che indossano abiti sudici e hanno testa e
volto coperti dalla kefiah. In un posto qualunque o in un momento qualunque, questi uomini sarebbero stati briganti o predoni; ora sono esattamente ciò di cui non ho bisogno.
Il fatto che siamo in un Humvee avrebbe dovuto allertarli sul fatto che siamo
appoggiati da stranieri; nessuno in Siria guida questo tipo di mezzi, tranne i reali... e quelli arrivano a flotte.
Forse questi uomini sono disperati o stupidi – devono esserlo per pensare che sia derubare un veicolo sia una buona idea.
"Merda!" dice il sergente Ellis, guardando nello specchietto retrovisore.
Mi volto e vedo altri uomini emergere dalle dune di sabbia dietro di noi.
Poi guardo avanti e spalanco gli occhi: uno degli uomini porta un'arma lunga e pesante

sulla spalla.

"Cazzo!" ansimo.

Un attimo dopo, l'uomo spara un missile verso di noi.

È inevitabile, il razzo ci colpirà dritto in faccia. Il tempo scorre lentamente.

Mi rivolgo al conducente, ma il sergente Ellis non c'è più.

Nel sogno, al suo posto, ora c'è Britta alla guida, i suoi capelli castani e lucenti svolazzano mentre sorride in modo maniacale.

Mi guarda, corrugando le labbra come faceva quando mi stuzzicava.

"Qual è il problema?"

"Attenta!" grido, lanciandomi alla guida, cercando disperatamente di portare l'Humvee fuori dalla traiettoria del missile.

Lei sorride e allunga la mano per coprirmi la faccia. Chiudo gli occhi al suo tocco.

I miei occhi si riempiono di lacrime.

"Oh, Charlie, andrà tutto bene. Sai che..."

E il missile ci colpisce.

Mi sveglio ansimando in un bagno di sudore.

Dove sono? Dov'è Britta?

Ci vuole un secondo perché la morte di Britta mi torni in mente.

Quando la ricordo però è molto peggio. Mi aumenta la salivazione, quella strana

sensazione che si prova prima di vomitare.

Mi giro su un fianco, cercando di aggrapparmi, fino a quando riesco a mettere la testa fuori dal letto. Vomito tutto quello che avevo nello stomaco, rimetto ancora e ancora, fino a vomitare bile e succhi gastrici. La gola mi brucia quando finalmente riesco a riprendere il controllo e sprofondo sul materasso.

Respiro affannosamente, ho una nausea terribile. Come se non bastasse, il sudore mi ha

inzuppato i vestiti e il materasso. Sono immerso in una pozza di sudore che da un momento

all'altro diventerà freddo come il ghiaccio.

Giro la testa verso il lettino di Sarah, a pochi passi di distanza. Lei dorme tranquilla, come se non fosse successo nulla, ma dubito che sia così. Se fossi stato tranquillo durante il mio incubo, sarebbe stata la prima volta.

Guardare Sarah dormire così pacificamente mi aiuta a calmarmi e mentre il respiro rallenta, la nausea si attenua. Mi alzo, prendo dei vestiti puliti da una valigia disfatta e vado verso il bagno.

Le piastrelle sotto i piedi nudi sono fottutamente ghiacciate. Rabbrividisco mentre mi

spoglio e mi metto velocemente una maglietta scura e dei pantaloni di un pigiama grigio. Mi lavo un secondo i denti, poi esco a guardare la macchia sul pavimento nel punto in cui ho

vomitato. Faccio una smorfia e la copro un asciugamano.

Non posso occuparmene, non ancora.

Esco in punta di piedi dalla camera da letto e sgattaiolo giù per le scale. Osservo i mobili del soggiorno e scuoto la testa. Devo uscire a prendere un po' di aria fresca.

Nel modo più furtivo possibile esco sul portico posteriore. Fa molto freddo qui fuori, ci saranno cinque gradi.

Rabbrividisco di nuovo, vorrei la mia felpa col cappuccio, ma è dentro.

Troppo lontana per me.

È bello e tranquillo qui fuori, il portico è tre metri per quattro.

Entrambi i lati della casa condividono lo stesso portico posteriore fatiscente e lo stesso grande cortile. Sono felice di poter osservare un prato incolto al posto di una piazza di città.

Mi siedo sui gradini e osservo la luna in silenzio. Mi rendo conto del fatto che tutti

dormono. Forse non sono mai stato così malinconico.

Mi sforzo per ricordarmi la fine del mio sogno. Riesco a ricordare la mano di Britta sulla

mia guancia, se chiudo gli occhi posso quasi percepirla lungo la mia mascella.

Se solo potessi sentire il suo tocco ancora una volta.

Mi fanno male gli occhi. Chino la testa e provo a respirare. Nessuno ti insegna che il dolore arriva a ondate. E come le onde dell'oceano, a volte ti colpisce così forte che ti chiedi se

riuscirai a sopravvivere.

Mi siedo, mi fermo un attimo. Le lacrime non scendono, ma gli occhi sono traboccanti. Le respingo dentro di me.

Ricordo a me stesso che lo sto facendo per Sarah. Per una bambina c'è solo una cosa peggiore del perdere la madre... ed è perdere entrambi i genitori.

Senza Sarah penso che avrei affrontato quelle onde, ma che mi sarei lasciato travolgere, annegando.

Invece vado avanti a fatica perché mi rifiuto di lasciarla sola.

Britta odierebbe se cedessi alla depressione, ma lei non ha più voce in capitolo,

vero? Mi ha lasciato qui per prendermi cura di nostra figlia, penso con amarezza.

Chiudo gli occhi e mi concentro sulla respirazione, proprio come mi ha insegnato a fare due anni e mezzo fa il mio terapista per il disturbo post traumatico da stress. Per quanto possa sembrare stupido, inspirare attraverso il naso ed espirare lentamente attraverso la bocca mi ha salvato diverse volte.

La luce del portico si accende e mi coglie di sorpresa. Un attimo dopo, sento la porta sul retro aprirsi.

"Tutto okay?" chiede Larkin, esitando.

Mi giro e la vedo scrutarmi, indossa dei leggings neri e una felpa gialla. Annuisco lentamente.

"Sì, tutto bene" dico.

Non è esattamente la verità, ma tutto sommato potrebbe esserlo.

Larkin spegne la luce e, con mia grande sorpresa, chiude la porta e si siede vicino a me.

La guardo, ma lei osserva le stelle.

In questo momento è dannatamente carina. I lunghi capelli sciolti le cadono sulle spalle come una mantella bionda. La luce della luna colpisce il suo viso proprio sul nasino rivolto all'insù facendo risplendere le lentiggini che ha su ogni guancia. I suoi occhi sono grandi e luminosi, le ciglia folte e scure. Le sue sopracciglia si inarcano appena mentre guarda in alto.

Traccio la curva delle sue labbra con i miei occhi, l'arco di cupido è perfetto, il più bello che Dio abbia mai creato.

Dopo un attimo si accorge che la sto fissando e si mordicchia il labbro inferiore.

"Vuoi restare solo?" chiede arrossendo un po' "Qui fuori, ora intendo."

Vedo che è tesa. Alzo una spalla, ambiguo. Stavo rimuginando e mi ha distratto.

"No, va tutto bene."

Mi guarda e distoglie di nuovo lo sguardo. Tra di noi piomba un silenzio quasi palpabile.

Una parte di me vuole davvero sapere cosa stia succedendo nella sua testa, ma un'altra

parte spegne questo desiderio. Non c'è niente che possa incoraggiare qualcosa tra noi due,

neanche un'amicizia. Ci ho provato con un paio di madri della terapia di gruppo, ho risposto alle loro domande e ascoltato le loro storie, finendo per essere etichettato come quello "pieno di angoscia e amarezza" nel momento in cui ho respinto le loro attenzioni.

Il punto è che non hanno torto. Anzi, tutto il contrario.

Larkin si alza e rientra, lasciando la porta socchiusa. Guardo verso la porta e vedo un gatto

siamese che annusa attorno a sé; dopo un attimo Larkin ritorna, apre la porta per un attimo

e vedo che il gatto ha solo un occhio blu brillante.

Mi porge un fagotto di flanella e mi accorgo che si tratta di una coperta. Dopo averla

ringraziata la metto sulle spalle. È molto calda e incredibilmente morbida al tatto; penso

immediatamente che a Sarah piacerebbe.

Larkin si siede di nuovo e io alzo lo sguardo verso le finestre sopra di noi. Sono abbastanza

sicuro se Sarah dovesse fare qualche rumore, la sentirei. Dopotutto siamo in campagna, a

parte i grilli di tanto in tanto, regna il silenzio.

"Mi dispiace per prima" dice Larkin a bassa voce. "Non sono affari miei."

La guardo e scuoto la testa.

"Ho avuto una reazione esagerata. Non è un segreto o altro."

Abbasso lo sguardo sulle mie mani e le chiudo portandole in grembo. "La mamma di Sarah, mia moglie Britta, è morta subito dopo la nascita di Sarah. È stato a causa di un incidente."

Riesco a percepire lo shock di Larkin.

"Oh," dice con una voce così bassa da essere quasi impercettibile.

"Oh, Charlie. Mi dispiace davvero."

Sento lo stomaco contorcersi nel momento in cui allunga una mano e appoggia le dita

sottili sul mio polso. Il suo tocco è magico, giuro di sentire una scintilla tra noi, un'energia,

proprio come accadeva con Britta.

Britta? Ma che diavolo! Sono un fottuto idiota. Mi sto avvicinando ad una donna mentre

piango per un'altra.

Improvvisamente mi sento di nuovo un miserabile, miserabile e bruto come non mai.

Non voglio assolutamente che Larkin veda quanto sono sconvolto. Non voglio dover spiegare a nessuno ciò che sento.

"Sì, beh, ho bisogno di dormire," taglio corto, mi alzo di scatto strappandomi la coperta dalle spalle.

Cerco di evitare lo sguardo di Larkin mentre le restituisco la coperta.

Devo sforzarmi di non correre mentre rientro. Sento gli occhi pieni di lacrime quando

chiudo la porta.

Avanzo un po' prima di permettere alle lacrime di sopraffarmi, ma solo per un minuto.

6

LARKIN

Qualche giorno più in là torno a casa dopo un estenuante turno in biblioteca, con le mani nelle tasche del mio vestito giallo limone. Attraverso l'erba, sentendomi quasi inebriata dalla bellezza dell'estate.

È tardo pomeriggio, il sole è abbastanza caldo da permettermi di togliermi il cardigan che infilo nella mia borsa oversize. Neanche la brezza frizzante può avere la meglio su questa giornata meravigliosa.

Ciliegina sulla torta, alcuni volontari hanno allestito un palcoscenico e dei tavoli per la festa di mezza estate. È una tradizione cittadina che risale agli anni 70 e oggi è il giorno perfetto per celebrarla.

"Larkin!" una signora anziana dall'aria austera con una tuta bianca e una visiera abbinata mi chiama: "Vieni qui".

La signora Peet era una cara amica di mia madre e a volte penso che per lei avrò per sempre dodici anni. Istintivamente vorrei tirare avanti, fingendo di non averla sentita, ma alla fine non lo faccio.

Mi giro con un sorriso smagliante come quello che

sfoggio alle riunioni del consiglio scolastico e nella sala d'aspetto del dentista.

"Ehilà signora Peet" dico, facendomi ombra sugli occhi mentre mi avvicino a lei.

"Ho sentito che c'è un uomo che vive accanto a te" e senza perdere tempo arriva subito al punto: "È anche piuttosto bello, che tipo è?"

Mi fingo sorpresa. "Oh, il signor Lawson? Onestamente non so molto di lui."

La signora Peet mi osserva con freddezza. "Mh. Perché non abbiamo sentito niente?"

Il mio sorriso si allarga, ostentando l'opposto di ciò che sento dentro.

"Non lo so signora", dico.

"Lo hai invitato alla festa?"

Il mio cuore ha un leggero sobbalzo, la signora Peet non è la prima in città a chiedermelo.

Non è nemmeno la quarta.

"No, non l'ho fatto" rispondo lentamente "non sono neanche sicura che sarà qui."

"Peccato" dice arricciando il naso, "A più tardi cara".

Quando mi volta le spalle, faccio una smorfia. "Non vedo l'ora."

Mi giro e continuo a percorrere la strada verso casa pensando a Charlie. Il suo sguardo l'altra notte quando mi ha bruscamente restituito la coperta prima di entrare...

Era un misto tra furia e dolore, mi si è spezzato il cuore, per lui più che per ogni altra cosa.

Penso di aver capito in quel momento che Charlie sta ancora guarendo e si fa prendere dal panico quando emergono i suoi punti deboli, il suo lato tenero.

L'unica cosa che lo tiene legato alle persone e alla società sembra essere Sarah; senza di lei, immagino che sarebbe un eremita pazzo che vive da qualche parte nei boschi.

Charlie deve integrarsi di più nella società, ma il processo deve essere lento e costante. Oggi è l'occasione ideale per fargli conoscere i suoi vicini, alla festa di mezza estate in piazza. Ci sarà una band locale che suonerà e ci sarà un sacco di cibo portato dai cittadini, in stile rinfresco.

Ognuno gironzolerà e chiacchiererà. Sarò lì per aiutarlo a fare conoscenza e potrà facilmente scappare se ne avrà bisogno.

Arrivo a casa di mia madre e cammino verso il portico di Charlie. Busso alcune volte e finalmente lo sento avanzare verso la porta.

La porta si apre leggermente e Charlie compare, incombendo con la sua altezza e sembrando...Beh, in preda ai postumi di una sbornia. Ha le occhiaie, la sua solita barba è triplicata, ha i capelli tutti arruffati e per di più puzza di whiskey.

Sarah non si vede da nessuna parte.

"Si?" chiede, facendo una smorfia alla luce del giorno che filtra dalla porta.

"Dov'è Sarah?" Chiedo vivacemente.

Sembra offeso. "Sta guardando cartoni animati con le cuffie. Perché?"

Cerco di stare più dritta che posso, perché sento già una certa resistenza da parte sua.

Indurisco la mascella.

"C'è una grande festa in piazza tra circa venti minuti e penso che dovreste venire" dico con fermezza.

"Già... Ehm, no" dice, e fa per chiudere la porta.

Tuttavia io sono più veloce e riesco a infilare un piede prima che possa chiuderla.

Faccio un sorriso freddo.

"Quand'è stata l'ultima volta che Sarah è uscita di casa?" chiedo.

Lo sguardo di Charlie si dirige verso Sarah, lo so, anche se è fuori dal mio campo visivo. Fa un respiro mentre pensa.

"Non lo so" ammette scrollando le spalle. "Sono passati un paio di giorni...Ho avuto molto da fare".

"Per favore, non fraintendermi, ma questo non è assolutamente il modo di far vivere una bambina. Lasciala uscire con me, almeno. È meraviglioso fuori, ci saranno tanto cibo e bambini con cui giocare."

Arriccia un lato del viso mentre ci pensa.

"Sì, va bene. Verrò anche io per tenerla d'occhio," dice "Ma solo per un po'."

"Vuoi che la tenga d'occhio mentre fai la doccia?" chiedo con fare innocente. Forse la sua barba non spaventerà nessuno, ma il suo odore sicuramente!

Sembra essersi un po' offeso, ciò nonostante apre la porta e mi lascia entrare.

"Va bene. Accomodati".

"Va bene se la porto da me? Devo dar da mangiare ai cani e portarli a spasso," dico entrando "Si divertirà, fidati di me."

Ha gli occhi socchiusi e la mascella tesa, deduco che ho quasi superato il limite.

"Va bene, mi faccio una doccia."

Sarah è adorabile, indossa un abitino blu e dei leggings a pois rosa e blu. È davvero molto entusiasta di aiutarmi con tutti i miei amici a quattro zampe. Sembra la bambina più felice del mondo mentre gioca con Zack e Morris e li accarezza.

Quando Charlie bussa alla mia porta, sento la band suonare dalla piazza. Prendo Sarah e la porto con me. Peccato io non sia ancora pronta per Charlie.

Lo vedo, ha un braccio appoggiato alla porta, deglutisco.

È tutto vestito di nero, dai jeans alla felpa. Deduco che le sue braccia siano ben definite dal modo in cui la felpa aderisce al suo corpo, proprio nei punti giusti.

In un'altra vita gli salterei addosso, sembra proprio tutto da leccare.

"Ho portato una felpa per Sarah" dice, distraendomi dalle mie voglie.

Allunga una mano verso Sarah.

"Cosa? Oh... Ottima idea!" dico arrossendo.

Gli lascio Sarah. Mi sento un po' stordita. Voglio dire, sapevo che Charlie era un bell'uomo ma... mi ha davvero sconvolto.

"Oh...vado un secondo a prendere le torte" farfuglio. Ho bisogno di una scusa per allontanarmi e per fortuna ho tre torte di more appena fatte da prendere.

Corro in cucina, per poco non inciampo su Muffin mentre parlo da sola.

Devi darti una calmata, mi dico severamente. *Porterai Charlie fuori casa per un po', non rovinare tutto facendo la... Lussuriosa. Per di più, sai che è una cattiva idea.*

E ho ragione. Se non fosse traumatizzato dalla perdita della sua ex forse potrei desiderarlo.

Ma sta soffrendo troppo, è perseguitato da troppi fantasmi che gli riecheggiano attorno.

Eppure ciò non significa che non possa guardarlo... Almeno fin quando lui non se ne accorgerà.

Osservare da lontano è concesso.

Sistemo le torte nei contenitori e percepisco la freschezza del vetro sui palmi delle mie mani.

Le torte hanno un odore paradisiaco, ho usato uno speciale tipo di mora del nord-ovest del pacifico. Vado verso l'uscita e prendo le chiavi di casa.

Charlie è sotto il portico con Sarah, che gli sta raccontando di come abbia dato da mangiare ai cani.

"Io accarezzo," dice con aria felice "e loro mangiano."

Charlie guarda me, poi le torte. "Per il rinfresco?" chiede. Sorrido. "Già. Le ho fatte ieri sera."

"Ah" dice, uscendo dalla veranda "in effetti ieri sera mi è parso di sentire un buon profumino, ma non ci ho fatto molto caso."

Arrossisco, anche se non si tratta di un vero e proprio complimento.

Camminiamo attraverso la piazza, verso il palco su cui due volontari sollevano uno striscione colorato con su scritto "Festa di mezza estate".

C'è già chi arriva a gruppi di due o tre, e tutti posano i loro piatti sui tavoli disposti fuori dal palco. Si tratta soprattutto di coppie con figli e di adolescenti. I più giovani si allontaneranno presto per andare a festeggiare da qualche altra parte, ma il richiamo del cibo gratuito è troppo forte per lasciarselo scappare.

"Bird, Big Bird!" dice Sarah saltando eccitata qua e là.

"Ti piace Sesamo Apriti?" le chiedo.

Ci pensa un attimo su, si concentra, è adorabile. "Sì!" dichiara.

"Lo guarda ogni mattina, non è vero?" interviene Charlie.

"Sì" risponde Sarah annuendo.

Riesco a percepire su di noi gli sguardi curiosi di tutti mentre ci avviciniamo al tavolo con il cibo.

Appoggio le torte scoprendole e in un attimo Charlie è circondato da donne anziane.

"Salve a tutti," dice Martha Stocksbury, che indossa un rossetto rosa fluorescente abbinato alla tuta "E lui sarebbe...?"

Inizia a solleticare Sarah, che si nasconde nella spalla del padre. Leggo sul viso di Charlie che è combattuto tra la voglia di fuggire e quella di far conoscere a Sarah un po' di gente nuova.

"Ciao Martha," intervengo e mi metto tra lei e Charlie. "Lui è Charlie, ha le mani occupate, e questa timida scimmietta è sua figlia Sarah."

Prima che Charlie possa dire qualsiasi cosa, una schiera di altre donne lo saluta e gli fa domande.

Sorrido e cerco di rispondere al maggior numero di domande possibile, sentendomi come un portiere durante i rigori.

Finalmente Sarah vede dei bambini giocare e inizia a tirare la felpa di Charlie.

"Papà, voglio!"

Il padre la guarda con incertezza mentre io sono certa che è proprio questo il tipo di socializzazione di cui Sarah ha bisogno.

"Potete scusarci un attimo?" chiedo alla signora Bond, un'anziana molto carina, "Sarah vorrebbe giocare."

"Certamente cara!" risponde, appoggiandosi al suo deambulatore.

Afferro Charlie per un gomito, facendogli l'occhiolino mentre lo accompagno dagli altri genitori.

Charlie si piega sulle ginocchia e Sarah corre verso un bambino che gioca a quattro zampe nell'erba.

"Giochiamo?" chiede Sarah.

"Cavallo," risponde il bimbo, emettendo una sorta di nitrito.

Sarah si abbassa e inizia ad imitarlo, poi cominciano a fingere di mangiare erba.

"Che te ne pare?" chiedo a Charlie, dandogli una gomitata.

Mi risponde in modo evasivo, osservando Sarah come un falco. Mi rendo conto del fatto che forse è la prima volta che Sarah sceglie un amico, un amico che non sia lui. Trattengo un sorriso.

Rimango con Charlie per un po'e guardiamo Sarah giocare con un gruppo di quattro bambini.

Quando il sole inizia a tramontare, Sarah, ormai stanca, corre dal padre per avere un po' di sollievo. A quel punto suggerisco di sederci su una panchina per goderci gli ultimi attimi del giorno che sta svanendo.

Charlie si dirige verso la panchina più lontana dalla band. Sorrido, non amare le band è proprio tipico di lui.

Ci sediamo tranquilli, osservando i passanti e i lampioni che si accendono.

Ho chiacchierato abbastanza per oggi, ho bisogno di fermarmi. Sarah si addormenta appoggiata al mio braccio; allungo la mano, inizialmente esitante, poi le accarezzo i capelli.

Sono più morbidi di quanto pensassi e la cosa mi fa sorridere. Charlie non si oppone, quindi mi rilasso e continuo ad accarezzarli.

Poi, mentre siamo seduti, si alza in cielo un fuoco d'artificio, un luccichio d'oro che esplode.

Bang.

Charlie scatta in piedi, lo guardo. È impallidito.

"Dobbiamo andare" dice a denti stretti, afferrando Sarah.

"Cosa..." provo a dire qualcosa, ma la sta già portando verso casa nostra. Mi precipito dietro di lui e lo vedo sussultare all'esplosione di un altro fuoco d'artificio dietro di noi.

Oh... è per i fuochi, penso.

Sarah si sveglia e inizia a piangere. Charlie corre e io corro dietro di lui. Arriva alla sua porta e si lancia dentro in ginocchio, piangendo. Lo seguo e chiudo la porta sbattendola.

"Papà!" Sarah piange, lottando per liberarsi.

Charlie è a quattro zampe, come se volesse proteggere Sarah con il suo corpo. Non so cosa fare, quindi mi inginocchio accanto a lui e poso una mano sulla sua schiena ampia. La felpa è zuppa di sudore e il suo corpo trema.

Sarah continua a dibattersi, fuori di sé.

"Lascia che la prenda" gli sussurro.

Dopo una lunga pausa, Charlie si solleva leggermente consentendo a Sarah di liberarsi. Si sdraia sul pavimento e piange per un minuto o due. Sta sudando a freddo, raggomitolato su sé stesso.

"Va tutto bene" dico a entrambi, accarezzandoli delicatamente. "È tutto a posto. Non c'è niente che non vada."

I fuochi si fermano improvvisamente, così come erano iniziati, Sarah inizia lentamente a calmarsi. È talmente stanca che mi viene spontaneo prenderla in braccio, la porto sul divano e la avvolgo in una coperta.

Quando torno da Charlie, sembra essersi ripreso un po'. È disteso e fissa il soffitto.

"Ti senti meglio?" chiedo, mordendomi il labbro mentre lo guardo.

Si volta per guardarmi, e vedo esattamente ciò che non vuole mostrare a nessuno. La sua espressione è sconvolta e angosciata e ha gli occhi pieni di lacrime.

Vorrei poterlo consolare, con tutta me stessa, ma non sono sicura che me lo permetterebbe.

Annuisce, voltando la testa all'indietro per guardare il muro. Quando parla, la sua voce è rauca.

"Grazie. Puoi andare."

Mi volto un attimo verso Sarah, che dorme profondamente, poi di nuovo verso Charlie. Mi piange il cuore per lui, ma non c'è niente che possa fare o dire per aiutarlo.

"Sono qui accanto" dico, spostandomi verso la porta. "Ogni volta che hai bisogno di me, giorno e notte."

Annuisce e fa un respiro tremolante. Esco fuori, non sono sicura che mi abbia ascoltato.

Una cosa è certa: quando vedo Charlie, vedo un animale selvaggio ferito, un leone con una spina conficcata nella zampa. E io voglio aiutarlo, con tutta me stessa.

Il problema è che sono molto attratta da un uomo che soffre terribilmente.

È come se dietro l'apparenza ci fosse un pozzo profondo, di acqua scura e pericolosa, e quando è vicino a me, sento...

Beh, non ne sono sicura al cento per cento, ma ho paura di essere molto vicina a quell'acqua scura.

7

CHARLIE

Sono in macchina con Sarah e parlo al Bluetooth mentre guido verso casa di mio padre. Lui e Rosa mi hanno pregato di portarla da loro, giusto per vederla.

Oggi ci proverò, solo per un po'.

"No, non è che..." dico, prima che Helen, la madre di Britta, mi interrompa.

"Se avevi intenzione di trasferirti sulla costa, perché mai hai scelto Pacific Pines?" chiede, la sua voce diventa ancora più nasale del solito. "Abbiamo un sacco di proprietà qui a Seaside che avremmo potuto darti in affitto. Saresti stato abbastanza vicino da permettermi di venirvi a trovare. Per di più conosco i comitati scolastici qui, nel caso in cui Sarah..."

Stringo i denti. L'idea di essere abbastanza vicino da permetterle di *venirci a trovare* è abbastanza terrificante. Helen è come l'ape regina, solo che il suo habitat naturale è la costa dell'Oregon. Non siamo mai andati d'accordo prima che Britta morisse, e ora si sente in diritto di intromettersi nella vita di sua nipote più di quanto io voglia permetterle.

"Te l'ho detto" spiego lentamente, per la decima volta,

"Mi sono trasferito a Pacific Pines per essere più vicino alla mia famiglia."

"*Noi* siamo la tua famiglia!" risponde "Ti dirò, tesoro, non capisco. Se è una questione di soldi..."

"Come ti ho già detto, Sarah e io stiamo benissimo. Ascolta Helen, devo andare..." dico mentre mi fermo davanti alla casa di mio padre.

"Ma non abbiamo nemmeno parlato di..."

"Ciao, Helen" rispondo seccamente mentre spengo la macchina.

"Ciao," canticchia Sarah dal sedile posteriore "Ciao, ciao, ciao!"

Lascio Sarah da papà e Rosa con molta esitazione, anche se so che sarà a venti minuti da me. *Tanto cosa potrebbe capitare?* È un ragionamento per persone che non hanno passato ciò che io e Sarah abbiamo passato.

Lascio Sarah a ridacchiare tra le braccia di Rosa e torno a casa. Non ho nulla da fare. Mi sono portato avanti con tutto il lavoro per i prossimi giorni, e senza di lei...

Ho trascorso molto tempo a contemplare la mia vita e a cercare di trovare una risposta ai grandi dilemmi esistenziali. Senza Sarah, questo è quello che mi resta da fare.

Non oggi, prometto a me stesso.

Vado in cucina, apro il frigo e prendo una delle birre comprate a forza al negozio di alimentari. Non è di certo whiskey, ma è abbastanza decente.

Dalla finestra della cucina vedo Larkin in piedi sul portico posteriore, si sta legando i capelli. Bevo un sorso di birra e do una rapida occhiata al suo corpo; indossa un pesante maglione grigio sopra un paio di jeans che le fasciano perfettamente il culo.

Per un momento cerco di immaginarmi in un'altra vita, senza legami o vincoli, la troverei molto sexy.

Il Charlie ventenne l'avrebbe guardata con la consapevolezza che saremmo finiti a letto, caldi e sudati.

Adesso però? Onestamente, non riesco ad immaginarmi con nessuno per il resto della mia vita. È chiaro, il mio futuro è come una sorta di macchia scura. Vivo alla giornata, per necessità.

Mentre la guardo, Larkin salta giù dalla veranda. Cammina nell'erba che le arriva alla caviglia e guarda tutti i resti arrugginiti di quelle che una volta erano lavatrici, tosaerba e dio sa che altro.

Afferra l'estremità di una lavastoviglie e inizia a sforzarsi per strapparla via dall'erba alta, facendo smorfie per via il peso e delle dimensioni del macchinario.

È chiaro che non ci riesca da sola.

Appoggio la birra. Magari non ho ricevuto un'educazione eccellente, ma non ho la minima intenzione di lasciarla fare da sola, qualunque cosa lei stia facendo.

Esco fuori, felice di indossare un vecchio paio di jeans, una t-shirt e la mia felpa.

Larkin alza lo sguardo mentre esco alla luce del sole. Mi guarda, trascinando un angolo della lavastoviglie.

"Ehi" dico fermandola "Dai, lascia che ti aiuti."

"Oh, non preoccuparti," dice corrugando la fronte. Non posso fare a meno di notare che il suo maglione grigio fa risaltare i suoi occhi color caramello.

"Cosa? Pensi davvero che ti lascerò sollevare questa roba da sola?" Dico, facendo una smorfia. "Odio dovertelo dire, ma sei troppo piccola per spostare tutto da sola."

Larkin alza gli occhi al cielo, mettendosi dietro l'orecchio una ciocca di capelli biondi.

"Non è vero!"

Rispondo con un'espressione scettica che la fa sorridere. Mi piace il modo in cui ride; sembra provenire dal profondo del suo corpicino di un metro e cinquanta, una versione minuscola della grassa risata di un omone.

"D'accordo" dice. "Che ne dici se dopo ti preparo il pranzo per ripagarti dello sforzo?"

"Ci sto. Pronta?"

Insieme spostiamo un altro po' di immondizia nel cortile laterale, che è ben tenuto.

"Le altre parti del cortile sembrano falciate regolarmente. Come mai il retro è in questo stato?" chiedo.

"Beh... Qui è dove mia madre conservava i suoi progetti," dice, voltandosi mentre camminiamo spostando una lavatrice. "Non sopportava l'idea di buttare via qualcosa che potesse ancora essere utile. Non che fosse un'accumulatrice seriale, ma... diciamo che non comprava nulla solo per sfizio, soprattutto se era in grado di ripararlo."

"Avverto un pizzico di disapprovazione nel tuo tono" dico.

Larkin aggrotta le sopracciglia. "Suppongo che fosse frustrante stare con lei".

Lavoriamo senza sosta, e tra lo sforzo e il calore del sole mi viene voglia di togliermi la felpa.

"Quindi... Dal momento che tua madre non è da queste parti, immagino sia..."

Sento i suoi occhi su di me per un lungo minuto.

"Già. È scomparsa quattro anni fa," risponde.

Mi fermo. Il suo tono non è esattamente triste. È solo... Privo di emozione. C'è sicuramente qualcosa che non so a proposito di sua madre, ma non insisto.

"Vuoi qualcosa da bere?" mi chiede asciugandosi la fronte. "Devo ammetterlo, sto già sudando."

"Sì, anche io. Direi di sì, gradirei qualcosa da bere," dico.

Sorride. "Andiamo. Ieri ho fatto la limonata."

La seguo verso casa sua. Mentre apre la porta, mi rendo

conto di quanto io sia più robusto di lei, potrei stritolarla facilmente se volessi. Larkin però non lo sa. È impegnata a versare la limonata nei bicchieri, me ne passa uno e le nostre dita si toccano. Faccio un sorso.

È una bevanda così dolce eppure così acida. Mi fa venire l'acquolina in bocca ad ogni sorso.

La guardo mentre fa un lungo sorso, noto il movimento della sua gola mentre deglutisce.

Dopo aver bevuto emette un *"ahhh"*, la sua lingua perfettamente rosa sporge per catturare una goccia di limonata che scivola giù dal labbro inferiore.

Tutto questo mi fa andare su di giri, non so perché. Ho bisogno di dire qualcosa per pensare ad altro.

"Quindi hai sempre vissuto qui?" chiedo, cercando di non guardarla.

Osservare gli antiestetici mobili da cucina è molto più facile che indugiare sulle mie piccole turbe lussuriose.

Larkin scuote la testa. "No. Sono cresciuta qui, ma poi sono partita per andare al college. Non vedevo l'ora di uscire da Dodge."

Sollevo le sopracciglia. "Davvero?"

"Sì, davvero" dice, facendo roteare il bicchiere. "Mia madre era la direttrice di tutte le scuole della contea. Lei... beh, non era la persona più facile con cui vivere."

Mi incuriosisco. "Del tipo... ti correggeva la grammatica troppo spesso?" dico scherzando.

Larkin scuote di nuovo la testa lentamente e guarda in basso. "No. Beh, faceva anche quello, ma... mia madre era... era difficile renderla fiera di me. Mi presentava agli estranei come una studentessa modello, ma nel privato mi stremava, per soddisfare le sue aspettative." Si mordicchia il labbro. "Dopo ogni mio fallimento c'erano delle ripercussioni. Piuttosto gravi. Per di più, dato che si vantava così tanto di me davanti ad insegnanti e genitori, non ho mai avuto amici."

Wow, non me l'aspettavo. La guardo, è ancora abbastanza sconvolta. Ha una minuscola ruga sulla fronte, se ne avessi il potere la farei sparire.

"E tuo padre?" chiedo.

Mi fissa con i suoi occhi color caramello. Sulle sue labbra spunta l'ombra di un sorriso.

"Quale padre? Mia madre ha avuto innumerevoli uomini, ma nessuno è mai durato molto."

"Ah. Ora capisco perché volessi andartene" dico, bevendo l'ultima goccia della mia limonata.

"Quando sei tornata?"

Sorride. "Sono tornata da circa sei mesi, ma non ho intenzione di restare per sempre. Non sarei nemmeno tornata se mia madre non mi avesse lasciato una casa di cui occuparmi."

"Mi dispiace che tua madre sia morta," dico.

Scuote le spalle. "Non preoccuparti. Ha avuto una bella vita. Accidenti, in città la chiamavano Big Ruth, ed avevano un buon motivo per farlo."

"Pronta a tornare là fuori?" chiedo, indicando il cortile.

"Sì", risponde. Esce e torna nell'erba alta. Si guarda intorno e indica quello che forse era un pezzo di una macchina.

"Che ne dici di questo?"

"Ok. Questa volta camminerò all'indietro" dico con un cenno del capo. Afferro un angolo, ignorando il fatto che c'è una marea di ruggine. "Uno, due, tre..."

Muoviamo un altro paio di pezzi prima che Larkin decida di riprendere la conversazione.

"Dove hai vissuto prima di venire qui?" mi chiede, poi fa

una smorfia dopo essersi schiacciata il piede con l'angolo di una vecchia tv.

"Ahi!"

"Attenta," dico. "Vengo da Portland. Penso di averlo già detto, ma volevo essere più vicino ai nonni di Sarah. Inoltre, avevo bisogno... Beh non potevo vivere in un posto che mi ricordava continuamente ciò che avevo perso. Avrei potuto anche scegliere un posto più vicino al mio lavoro, sulla East Coast, ma per ora questa mi sembra la scelta giusta."

Mi aspetto che Larkin entri in "modalità crocerossina" per provare a consolarmi o cose del genere, ma non lo fa.

"Beh, sono contenta che vi siate trasferiti qui" risponde.

Non so che cosa dire, quindi faccio solo un mezzo sorriso.

Si guarda intorno, camminando nell'erba alta.

"Ok, abbiamo preso quasi tutte le cose più grandi, ora non resta che..."

All'improvviso inciampa su qualcosa che non riesco a vedere, il colpo è così forte da farla cadere. L'espressione di dolore sul suo volto e il lamento che emette sono tali da farmi gettare a terra il tavolo coperto di ruggine che sto trasportando. In un attimo sono al suo fianco.

"Ehi, ehi," dico nel momento in cui tenta di alzarsi in piedi "riesci a camminare?"

"No..." risponde.

Solleva il piede e ci accorgiamo che ha una ferita sanguinante.

"Merda! Per fortuna sono vaccinata contro il tetano."

"Okay" dico, muovendomi con cura. "Lascia che ti aiuti a rientrare in casa. Dobbiamo disinfettare la ferita, prima lo facciamo meglio sarà."

"Non è necessario..." cerca di dire, ma la interrompo prendendola in braccio.

Per qualche secondo, siamo entrambi un po' sbalorditi dalla sensazione del suo corpo contro il mio. Si allunga e mi mette le braccia attorno al mio collo... poi mi guarda.

I suoi occhi color caramello incontrano i miei, e sento una piccola scossa, una connessione, una sensazione di elettricità che salta da lei a me. La stringo per un secondo.

Tutto questo, io e lei... solo per un attimo, sembra naturale. Sembra inevitabile. Ed è così dannatamente bello.

Larkin mi guarda arrossendo e involontariamente tira fuori la lingua per inumidirsi il labbro inferiore. È un gesto così sensuale e così involontario da lasciarmi senza fiato.

Come se non bastasse, comincio ad eccitarmi. Grazie a Dio inizia a parlare.

"Guarda dove metti i piedi," dice un po' affannosamente, interrompendo il contatto visivo.

"Non possiamo farci male entrambi."

Mi acciglio. So che si riferisce al fatto che potrei inciampare in qualcosa nell'erba, ma per un secondo è quasi come se stesse parlando di ciò che c'è appena stato tra noi.

"Giusto" dico, rivolgendo l'attenzione all'erba sotto i miei piedi "Non possiamo."

La porto dentro e la aiuto ad accomodarsi sul divano. Prendo il suo kit di pronto soccorso. Mi assicuro che abbia tutto ciò di cui ha bisogno.

Poi esco da casa sua, mi allontano dalla sua vista, dalla sua sfera di influenza. Vado a correre, m'impongo un ritmo massacrante, flagellandomi ad ogni passo.

8

LARKIN

Stupidi vecchi battiscopa, penso. Sono in ginocchio vicino alla porta d'ingresso, con il martello in mano, usando la punta dello strumento per cercare di staccare gli antichi battiscopa dal muro. Tiro alla fine e riesco a ottenere qualche centimetro tra il battiscopa e il muro.

I cani cercano di essermi d'aiuto, scodinzolando e stando troppo vicini. Continuo a scacciarli indietro ogni due minuti, perché non sono del tutto sicura della mia abilità nell'uso di un martello.

La sostituzione di questi battiscopa è la prossima voce nella mia lista infinita di cose da fare prima che io possa mettere la casa in vendita. Anni e anni di mobili spostati senza attenzione hanno lasciato i battiscopa ammaccati e macchiati, specialmente qui all'ingresso.

Mi sforzo al massimo nel tirarlo via dal muro e vengo ricompensata da un lungo pezzo che si strappa dal muro. Ovviamente, poiché ero troppo presa dal mio strattone, volo all'indietro quando si stacca e finisco per cadere sul mio sedere.

"Oooh" dico acciglata. "È davvero troppo *difficile*."

Morris entra, leccandomi il viso. Zack fa avanti e indietro con ansia, le sue unghie ticchettano sul pavimento.

"Sì, va bene," dico, spingendolo via dopo un secondo. "Sei molto carino, ma non mi sei d'aiuto."

Mentre mi alzo pulendomi il sedere, qualcuno bussa alla porta. Tutti i cani iniziano ad abbaiare, anche Sadie. L'abbaiare di Sadie è divertente, come se qualcuno le avesse infilato un calzino in gola e lei stesse cercando di compensare.

Vado ad aprire la porta e trovo Charlie sulla soglia, con in mano una grande scatola polverosa. Sembra scontroso, alto e bello, credo sia il suo aspetto di sempre.

Non vedo Charlie da quando mi ha aiutata qui dentro qualche giorno fa. Onestamente non mi aspettavo di vederlo così presto, soprattutto non senza che io facessi io un salto a casa sua per controllare lui e Sarah.

Ogni volta che succede qualcosa che sembri anche solo vagamente un flirt tra di noi, penso solo che seppellirà la testa nella sabbia per un po'. Non posso nemmeno arrabbiarmi; è solo il modo di fare di Charlie.

"Ciao", dico, proteggendo i miei occhi dalla luce del sole che filtra dentro. Accenno alla scatola. "Che cosa hai lì?"

"L'ho trovata in un armadio al piano di sopra", dice Charlie. "Sembra qualcosa di personale."

"Portala dentro" dico, aprendo la porta e tendendo una mano. "Vediamo di che si tratta."

La porta dentro, entrando nel soggiorno. Appoggia la scatola sul tavolino da caffè e si sporge per accarezzare i cani che si litigano la sua attenzione.

Lo vedo guardarmi, come se mi stesse facendo i raggi x. Per un attimo vorrei portare qualcosa di diverso dai miei vecchi pantaloni della Juicy e da questa maglietta oversize, ma cerco di non pensarci troppo.

Prendo il coperchio della scatola, rimuovendolo con cura

in modo da non spargere un dito di polvere dappertutto. Quando lo tolgo, vedo diverse cose che mi lasciano di stucco.

C'è una pila di quelle che sembrano essere foto d'infanzia, alcuni trofei e un delicato carillon di legno. Allungo la mano e prendo la prima foto in cima alla pila, tenendola come se fosse un pezzo di vetro fragile.

Guardo la foto socchiudendo gli occhi perché è un po' sfocata. La foto è stata chiaramente scattata negli anni '80. Sono nella foto, probabilmente ho l'età di Sarah, vestita come un confettino in un abito di pizzo tutto rosa.

Ci sono anche un uomo e una donna più grandi con la stessa espressione austera. La donna mi tiene in grembo, anche se ovviamente sto per iniziare a contorcermi.

"Penso che questi siano i genitori di mia madre", dico, guardando Charlie. Capovolgo la foto, notando che sopra c'è una scritta *Mamma, Papà e Larkin - Primavera 1989*.

"Posso vederla?" chiede.

"Certo", dico, passandogli la foto.

Rivolgo la mia attenzione al carillon, sollevando il coperchio con due dita. Quando lo apro, una piccola ballerina gira su una piccola piattaforma e il carillon inizia a suonare una versione metallica di Swan Lake.

I miei occhi si appannano mentre allungo una mano e mi infilo un braccialetto d'oro finemente lavorato. Ricordo di averlo ricevuto per il mio sesto compleanno. Era in un'elegante scatola di velluto nero. Avevo aperto la scatola e quando avevo visto cosa c'era dentro, ero così eccitata che avevo addirittura urlato.

Poi ricordo che mia madre aveva afferrato la scatola e me l'aveva strappata di mano. "Sei troppo piccola per portare qualcosa di così prezioso. Lo perderai subito. Lo terrò al sicuro per te."

Non avevo più visto quel braccialetto, ma a quanto pare mia madre aveva mantenuto la parola.

"Ehi," dice Charlie, restituendomi la foto. Alzo lo sguardo, sorpresa. Per un secondo avevo davvero dimenticato che fosse qui.

"Ehi," dico, schiarendomi la gola.

Si sposta su un piede e poi sull'altro, la sua mano si solleva per strofinarsi inconsciamente la parte posteriore del collo.

"Volevo solo dirti che mi dispiace per l'altro giorno, nel cortile."

Le mie sopracciglia si sollevano. Non mi aspettavo che mi dicesse quelle parole.

"Ah sì?" dico, la mia bocca si increspa. Avevo molti sentimenti riguardo a ciò che era successo, ma nessuno di essi comprendeva del risentimento nei suoi confronti.

"Già. Io... Non ridere, ma pensavo che ci stessi provando con me," ammette, allungando una mano per far scorrere le dita lungo il bordo della scatola.

Divento subito rossa come un peperone. Non ha esattamente torto sulle mie intenzioni; se mi avesse guardato ancora per un secondo in quel modo con quegli occhi verde scuro, avrei provato a baciarlo.

Ma non lo aveva fatto, quindi io non lo avevo baciato. Ora sta guardando la mia espressione, cercando una mia reazione. Mi mordo solo il labbro e scrollo le spalle.

"È acqua passata", dico. Ho bisogno di qualcosa che lo distragga da questo argomento, quindi afferro il trofeo più vicino a me. È leggero, realizzato in plastica, ma verniciato per sembrare in oro. "Guarda, primo posto nella gara di spelling in quarta elementare."

Gli passo il trofeo. Lo prende, sembra colpito.

"Primo posto, eh?" si meraviglia, girandolo per vedere i lati.

"Beh, probabilmente ho molti più trofei del secondo e terzo posto, ma Mamma Ruth non mi ha permesso di portarli a casa. Li ha chiamati trofei di consolazione."

"Wow", dice. Avverto un tono incerto nella sua voce. "Ci andava giù pesante."

"Sì. La maggior parte dei bambini portava a casa la pagella e i genitori la appendevano al frigo. Mia madre no. Sul frigo appendeva solo voti perfetti, e ogni voto al di sotto del 9 significava che ero nei guai." Sospiro chiudendo il carillon e prendendo la foto successiva nella pila. "Oh, guarda! Eccomi a quattro anni, cercando di andare in bici."

Gli mostro la foto in cui fisso seriamente l'obiettivo, tenendo la mia bici rosa per il manubrio.

"Un'espressione fredda se non inesistente sembrava essere la normalità nella tua famiglia", dice sorridendo un po'.

"È sicuramente l'influenza di mia madre. Ecco, sono sicura che ce ne sia una sua qui in questa pila..." Dico, sfogliando le foto. Improvvisamente la polvere mi travolge e faccio tre starnuti in rapida successione.

I miei cani arrivano come se li avessi chiamati, e io lancio loro uno sguardo.

"Salute", mi dice Charlie.

"Grazie. Oh, ecco una foto di mia madre", dico, estraendo una foto dal pacchetto. Gliela passo.

La guarda per un secondo. "Non posso credere che questa sia tua madre. Mi aspettavo che ti somigliasse."

Arriccio il naso. "Già. Mamma Ruth era un metro e novanta e molto più pesante di me. Non avevamo molto in comune, sia geneticamente che per altro."

"Hmmm", è tutto ciò che dice. Poi aggiunge, "Avrei

dovuto fare più foto di Sarah quando era piccola. Non credo che ce ne siano più di una dozzina degli ultimi due anni."

"Non è mai troppo tardi per cominciare", dico, cercando di essere di conforto.

Per qualche ragione, questo mi fa guadagnare un altro mezzo sorriso da lui.

"Che c'è?" dico perplessa.

"Niente", dice, soffocando un tono ancor più divertito.

"Uh uh." Alzo gli occhi al cielo.

"Ascolta, devo davvero andare. Devo tornare al mio appartamento prima che Sarah si svegli dal suo pisolino tutta sola."

"Va bene", dico, posando la pila di foto. "Grazie per avermelo portato."

Sembra combattuto per un momento.

"Ti... Ti piacerebbe mangiare un po' di torta con me e Sarah domani? Ho visto che hanno messo la torta di more in offerta al Dot's Diner, e ho pensato che potesse interessarti."

Le mie sopracciglia si alzano così in fretta che sento che potrebbero colpire il soffitto.

"Stai per caso...?" Comincio gesticolando. Non so nemmeno cosa intendo dire esattamente.

"Non è un appuntamento", taglia subito corto, scuotendo la testa. "Ho solo promesso a Sarah che saremmo andati. Non è niente di che."

Ora sono io quella che cerca di soffocare il sorriso. "Mi piacerebbe tanto venire."

"Ah sì? Perfetto," dice annuendo. Si passa una mano fra i suoi capelli scuri. "Alle due va bene per te?"

"In realtà devo lavorare fino alle quattro", dico in tono dispiaciuto.

"Va bene, quattro e mezza allora." Si gira per andarsene, poi fa una pausa. "Ci vediamo lì?"

Io ridacchio. "Beh, è un *non*-appuntamento."

Mi fa un mezzo sorriso, poi esce dalla porta. Rimango lì per un momento, sovrappensiero, a fissare lo spazio accanto a me che aveva appena occupato.

Cosa significa veramente un non-appuntamento?!

9
CHARLIE

"Andiamo?" Chiede Sarah indicando la gelateria mentre la superiamo.

Mentre cammino verso la facciata verde brillante di Dot's Diner, porto Sarah in braccio. "Non oggi. Usciamo con Larkin, ricordi?"

"Laki! Laki!" urla Sarah proprio nel mio orecchio.

"Già," dico distrattamente, aprendo la porta cromata della tavola calda. Guardo il piano di lavoro in Formica bianco scintillante che corre lungo il ristorante. Una cameriera cammina dietro il piano da lavoro, girandosi per gridare un ordine attraverso una finestra della cucina. "Usciamo con Larkin per la torta."

"Gnam!!" Dice Sarah, la sua voce più forte che mai.

Un paio di commensali si voltano dalle loro panche ordinate in pelle rossa, fissando Sarah. Larkin non è ancora qui, quindi cerco un tavolo nell'angolo opposto, lontano dagli altri clienti.

Faccio scendere Sarah, cercando un seggiolino. Sarah afferra immediatamente i piccoli contenitori di sale e pepe dal tavolo bianco scintillante, sorridendo.

Sputa fuori un flusso di sciocchezze e io la zittisco.

"Shh, siamo dentro adesso. Dobbiamo abbassare il volume", dico. "Adesso spostati."

Si alza di scatto e io mi siedo sulla panca in pelle rossa. Sospira mentre sente il mio peso.

"Papà!" Sarah dice: "Papà, zucchero?"

Mi offre il sale e io lo prendo. La cameriera si avvicina, tutta agghindata in un'uniforme da cameriera color verde menta, i suoi capelli hanno una strana mescolanza di radici rosse e grigie. Mi scommetterei la casa che ha almeno ottant'anni.

Sta chiaramente masticando una gomma schioccando la bocca mentre estrae il blocco note.

"Sono Darlene", dice con voce rauca, come se avesse appena fumato cento sigarette. "Hai bisogno di un posto per lei?"

Guardo Sarah. "Sì. Un seggiolino, se ce l'hai."

"Certo, certo", dice. "Vuoi qualcosa da bere?"

"Una tazza di caffè per me. E... un succo di mela per lei."

"Va bene", dice lei, trascinandosi via.

Vedo Larkin entrare nel ristorante, i suoi capelli biondi raccolti in una crocchia ordinata. Indossa un vestito viola chiaro e un cardigan bianco, il suo volto diventa raggiante quando ci vede.

"Hey!" dice a Sarah quando si siede sul lato vuoto. "Cosa, nessun seggiolino?"

"Lakeeeeeeeeee!" strilla Sarah con tutto il fiato che ha nei polmoni.

Larkin e io la zittiamo istintivamente, Larkin ridacchia.

"Ciao Sarah," dice, allungando la mano nella borsetta e tirando fuori una gru origami. "Guarda cosa ti ho portato. Li abbiamo fatti oggi in biblioteca."

Sarah lo prende dal palmo aperto di Larkin, con uno sguardo incantato di fronte a quel dono.

"Come si dice a Larkin?" le chiedo dandole una piccola spinta.

"Che cosa?" chiede Sarah.

"Hai detto grazie?"

Sarah guarda Larkin. "Grazie!"

La cameriera ritorna con il seggiolino marrone di Sarah. "Ecco a voi".

Lo prendo, alzandomi per far sistemare Sarah. Ci vuole un minuto, ma alla fine la faccio sistemare e mi siedo.

"Posso avere un tè freddo?" chiede Larkin.

"Certo", dice la cameriera. "Vuoi anche qualcosa da mangiare?"

"Vogliamo tutti un po' di torta", dico. "Due pezzi di torta alle more."

Darlene annota tutto prima di scomparire di nuovo. Larkin sorride a Sarah, che sta giocando con la gru di carta.

"Uccello" dice Sarah.

"Sì, uccello", ripete Larkin. Mi guarda. "Oggi c'è stata una celebrazione culturale del Giappone in biblioteca."

"Il Giappone è nella mia lista di luoghi che voglio visitare", dico, sedendomi contro la panca di cuoio. "Prima dell'arrivo di Sarah, ogni anno visitavo un Paese straniero."

Larkin sorride. "Immagino che passeranno alcuni anni prima che Sarah sia pronta a viaggiare con te."

Annuisco. "Già. Non voglio nemmeno pensare a un futuro così lontano per ora."

La cameriera ci porta i nostri drink. La ringrazio, passando il succo di mela a Sarah prima di bere un sorso di caffè nero bollente. È un caffè abbastanza decente e faccio un verso di apprezzamento.

"Quindi questo è il tuo grande piano?" dice Larkin,

agitando la mano verso la finestra per indicare la città. "Trasferirti a Pacific Pines, intendo."

Mi acciglio un po'. "Sì, suppongo. Io..." Mi fermo, faccio un respiro. "Avevo molti piani prima della morte di Britta. E poi sono andati tutti in... sembrava così inutile cercare di pianificare le cose."

Le sue sopracciglia si corrucciano un po'. "Giusto. Certo. Mi dispiace, non intendevo mettere bocca sui tuoi piani per il futuro. Era solo un'osservazione fatta a cuor leggero."

"Sì sì, lo so" dico scuotendo la testa. Sorrido. "Penso che sia un argomento troppo pesante per il pomeriggio".

"Sicuramente", dice, sorseggiando il suo tè freddo. "Eppure... sembra che io abbia proprio questo nella mia mente."

"Cosa, il passato?"

"Credo che non avrei mai detto che saresti tornata a Pacific Pines", dice scrollando le spalle.

Darlene porta due fette di torta e la ringraziamo entrambi. Tiro la fetta verso di me, usando un cucchiaio per tagliare un morso per Sarah. Sarah lo assaggia avidamente, eccitata.

Alzo lo sguardo su Larkin e la trovo che guarda me e Sarah con uno sguardo trepidante. Scrollo le spalle.

"Anch'io non mi sarei mai visto qui. Nella mia mente, avevo un futuro ben delineato. Sarah avrebbe avuto presto un fratellino, Britta avrebbe smesso di lavorare e sarebbe rimasta a casa con i bambini. Avremmo comprato una casa a Portland, saremmo andati in bici e in vacanza a Tahoe." Do a Sarah un altro boccone di torta. "Sai come si dice a volte... Vuoi far ridere Dio? Raccontagli i tuoi piani."

Larkin si morde il labbro e guarda in basso, giocando con la cannuccia.

"Già. Non riesco a immaginare..." dice, poi si lascia la frase a metà.

"Beh, comunque direi che possiamo essere entrambi contenti di essere qui, immagino." Sollevo la mia tazza di caffè portandola verso la sua. Lei solleva il suo bicchiere e brindiamo. Ha un sorriso triste sul viso.

"Già. È importante ricordare che ho un sacco di cose che amo nella mia vita. Ho il privilegio di lavorare con i libri, il che mi rende davvero fortunata. Adoro annusare il profumo dei libri nuovi, appena scartati dall'imballaggio. Posso fare le parole crociate del New York Times ogni settimana. Adoro i miei animali..."

"È importante essere consapevoli delle cose che amiamo nella nostra vita", ammetto. "Probabilmente dovrei pensarci più spesso."

Larkin mi dà un'occhiata. "In realtà non hai provato la torta."

Ne assaggio un po', poi faccio una smorfia. "Ugh! È così dolce. Sarah, perché ti piace così tanto?"

Sarah dice semplicemente "Torta!"

"Più o meno", sospiro. "È un dolce di compleanno."

Larkin mi guarda, socchiudendo gli occhi. "Il compleanno di chi?"

"Mio", ammetto.

Colpisce il tavolo col pugno. "Oggi è il tuo compleanno e tu che fai... festeggi con una fetta di un dolce mediocre?"

"Ehi, almeno lo sto celebrando", dico. La ammonisco col dito. "Non ero nemmeno in dovere di dirtelo."

Poi sorride. "Va bene, mi hai convinto. Però devi almeno lasciarmi pagare."

La ignoro agitando la mano. "Nemmeno per sogno."

"Sì!", Insiste. "Non farmi dire alla cameriera che è il tuo compleanno. Lo farò, senza pensarci due volte.

Mi giro a guardare Darlene, che sta sparecchiando con lentezza un tavolo all'altra estremità della tavola calda. "Ok. Ad una condizione."

Larkin sorride. "Cioè?"

"Che lasciamo i soldi sul tavolo e usciamo da qui, altrimenti i denti di Sarah diventeranno marci e cadranno."

Lei alza le sopracciglia. "Affare fatto".

Larkin fruga nella sua borsetta e poi lascia cadere una banconota da venti dollari sul tavolo. Pulisco le mani di Sarah con un tovagliolo e poi ci dirigiamo fuori.

Fuori è ancora bello e soleggiato, quasi più di venti gradi. Stringo Sarah sul fianco, guardandomi intorno.

"Dovremmo andare a piedi al parco", dice Larkin, annuendo nella direzione opposta della casa. "È una giornata semplicemente meravigliosa."

"Non sapevo nemmeno che esistesse un parco", dico, facendomi ombra sugli occhi. "Okay, mostraci la strada." Seguo Larkin fuori dalla piazza. Mentre camminiamo, parla del suo lavoro, in particolare di quanto le piaccia avere a che fare con i bambini. Per lo più ascolto, guardandomi intorno mentre passeggiamo.

Ci sono alcuni blocchi di residenze con i loro prati ben curati, e all'improvviso sorge una zona boschiva. Un piccolo cartello ci segnala che stiamo per entrare nel Winters Park.

Prendiamo uno dei sentieri che attraversano l'area leggermente boschiva. Sarah inizia a piangere per essere messa giù, così la faccio scendere, tenendola d'occhio. Vedo una macchia di trillium, i loro distintivi fiori bianchi a tre punte brillano contro il verde dei loro sepali.

"Guarda, Sarah," dico indicandoli. "Guarda che bei fiori."

"Flori!" esclama Sarah.

"Quando ero bambina venivo qui nel bosco e raccoglievo

trillium", dice Larkin, incrociando le braccia e guardando in basso mentre camminiamo. "Mia madre non mi permetteva mai di portarli in casa, quindi facevo ghirlande di trillium e le lasciavo fuori nel cortile."

"Ah sì?" chiedo io.

La guardo, chiedendomi che cosa mi interessi di questa ragazza. Non è il suo lavoro o la sua casa. Non sono le sue abitudini o i suoi hobby. Eppure, ogni volta che ricevo un nuovo frammento di informazioni su di lei, lo assaporo.

Tutti i pezzi che ho formano una specie di ragnatela, e si intrecciano lentamente fra loro per intrappolarmi. E mi attirano, lentamente e inesorabilmente, qualunque cosa io faccia.

"Mmmhm" annuisce. "Le chiamavo 'il mio trilione di trillium'. Pensavo di essere davvero intelligente."

Il sentiero si restringe e presto devo camminare proprio accanto a Larkin, le nostre mani si sfiorano ogni tanto mentre procediamo. Sarah è qualche passo avanti; si ferma a esaminare una piccola catasta di pietre, prendendole e rimettendole assieme in modo diverso.

Mi fermo e aspetto. Anche Larkin. Mi guarda. La sua fronte si solleva e si allunga verso il mio viso. In quel momento di batticuore, riesco ad essere consapevole solo della mia lingua in bocca e di quanto Larkin sia piccola accanto a me.

"Hai un pelucchio tra i capelli", dice dolcemente, le sue dita mi toccano per un attimo la testa.

Adesso è così vicina, abbastanza vicina che riesco a sentire il calore del suo corpo contro il mio. Sento persino una scia del suo profumo, vaniglia e una nota di sandalo.

Mi guarda, apre la bocca, è sul punto di parlare. Mi chino, colmando istintivamente il divario tra di noi, e la bacio. Le mie labbra toccano le sue, i miei occhi si chiudono per un secondo.

Il contatto è una scarica elettrica, si espande verso l'esterno finché non la sento nelle mie braccia, nelle mie mani, nel mio petto.

Sì, una voce si insinua in me. *Prenditi quello che vuoi.*

Mi rendo conto che è la stessa voce che mi disse di baciare Britta.

Tirandomi indietro, apro gli occhi.

Britta? Mi sono dimenticato di Britta.

"Merda", impreco, fissandola nei suoi occhi da cerbiatta. *"Che cos'ho fatto?"*

"Io..." comincia a dire, ma io la interrompo.

"No, quello era... Mi dispiace" dico scuotendo la testa. "È meglio che vada ora."

Vado da Sarah per prenderla in braccio. La mia mente è un fottuto casino, le mie emozioni traboccheranno in due secondi. Io... Dannazione, devo assolutamente allontanarmi da Larkin prima che succeda.

"Aspetta!" mi grida Larkin mentre mi giro e inizio a correre via.

Ma io non aspetto. Riesco a pensare solo a Britta che mi giudica per le mie azioni. Andava tutto bene...

E poi ho rovinato tutto baciando Larkin.

Sono così fottutamente stupido.

Sarah inizia a gemere mentre mi affretto lungo il sentiero, piangendo lacrime amare che appesantiscono la mia anima.

10

LARKIN

È passata una settimana da quando ho visto Charlie, e sono dannatamente nervosa. Completamente angosciata, direi. Tiro fuori dalla macchina una grossa scatola di documenti, sbattendo la portiera.

Forse non posso dire a Charlie come mi sento, ma di sicuro posso esprimere la mia confusione sbattendo la portiera. Non sono nemmeno sicura di *come* mi senta, ma sono piuttosto arrabbiata con Charlie per la sua fuga dopo il bacio.

Dopo alcuni giorni di silenzio da parte sua, mi sono un po' preoccupata. In realtà ho controllato la sua cassetta della posta, come se la cosa potesse darmi qualche informazione. Tutto quello che ho trovato è stato un mucchio di posta non aperta, il che mi ha fatto preoccupare ancora di più.

Porto la scatola sul mio fianco e faccio le scale, aggrottando le sopracciglia mentre frugo nella borsa per cercare le mie chiavi. Le tiro fuori e inizio a aprire la porta, quando sento un grido.

"Laki, Laki!" chiama Sarah.

Mi giro e vedo Sarah che si arrampica sui gradini verso il

mio lato della casa. Charlie è una dozzina di passi dietro di lei, la sua espressione è cauta.

Quindi, a quanto pare, sa che sparire per quasi tutta la settimana non è normale, penso.

"Ehi, Sarah," dico, posando la scatola.

I cani gemono da dentro, quindi apro la porta per loro. Escono tutti in gruppo, entusiasti, Morris davanti agli altri.

"Cane!!" dice Sarah, la sua attenzione non è più su di me. Morris e Zack le saltano addosso, leccandola dalla testa ai piedi e scodinzolando.

Guardo Charlie mentre accarezzo Sadie che agita la coda. Lui sale sulla veranda, ma si ferma lì. I suoi capelli scuri si scompigliano leggermente col vento, ha delle occhiaie piuttosto brutte sotto gli occhi.

"Ehi", dice. Lo guardo, mentre parte della mia rabbia accumulata svanisce.

"Ehi", ripeto. "È da un po' che non vi vedo."

Fa una faccia seria, come per dire "Ne sono consapevole".

"Già, dovevamo andare a trovare la mamma di Britta, Helen." Distoglie lo sguardo.

Le mie sopracciglia si inarcano. "Vive qui vicino?"

Lui alza le spalle. "Abbastanza vicino."

Vorrei chiedergli come è andata, ascoltarlo mentre mi racconta tutto. Ma resisto. Se vuole spazio gliene darò in gran quantità. Sarah, però...

La guardo ridendo mentre accarezza Morris. Come potrei provare altro se non amore per lei?

"Ehi", dico per attirare la sua attenzione. "Ho una cosa per te. La vuoi vedere?"

"Regalo!!" esclama. "Dammi!"

Rido. "Va bene, vado a prenderlo."

Sollevo la scatola e mi dirigo all'interno. Appoggiando la

scatola sul tavolino, prendo un volume sottile, con la copertina dalle orecchie piegate e tutta sbrindellata. Sembra familiare nelle mie mani, sfoglio le pagine a caso.

Esco di nuovo sulla veranda, dove Sarah sta aspettando con impazienza sulla soglia. Mi inginocchio accanto a lei, mostrandole la copertina ingiallita.

"Questa era la mia vecchia copia de 'Il piccolo principe'", le dico, aprendo il libro e sfogliando alcune pagine. "Qualcuno me lo ha regalato quando ero piccola. Ho pensato che forse ti piacerebbe averlo."

"Io", dice Sarah, annuendo.

"Ecco", dico, cercando di passarglielo. "Prendilo."

"No", dice, un'espressione testarda sul viso. "Leggi me."

"Oh, non posso", dico. "Devo..."

"Tu leggi!!" urla. Avverto una piccola vibrazione nella sua voce, come se stesse per scoppiare in lacrime.

Guardo Charlie, che ha incrociato le braccia. Mi guarda. "Ha bisogno di un pisolino."

"Lo vedo", dico.

Sarah inizia a piangere, frustrata dal mio rifiuto. "Leggi! Tu leggi!"

Nel disperato tentativo di arginare il suo flusso di lacrime, guardo Charlie per avere il permesso di leggerle il libro. Il nostro scambio è privo di parole, solo una serie di sguardi. Alla fine, mentre Sarah sta per esplodere di rabbia, alza gli occhi al cielo.

"Va bene. Puoi venire da noi per leggere. Sentito, Sarah?" le chiede.

Fantastico. È questo che mi tocca, un'alzata di occhi al cielo.

Sarah si tranquillizza, ma le sue lacrime non si fermano. La prendo in braccio, il mio cuore batte forte per il modo in cui si posa sulla mia spalla.

Seguo Charlie, che cammina trascinandosi e apre la porta. Mi conduce in soggiorno, indicando il divano.

"Mettila lì", dice. "Vado a prendere la sua coperta in macchina."

Mi sposto per far sedere Sarah sull'orrendo divano floreale. "Tuo padre sta prendendo la coperta. Che ne dici di scegliere un cuscino? Va bene questo?"

Estraggo uno dei cuscini decorativi e lo metto sul divano. Sarah posa la testa in giù. "Leggi?"

"Assolutamente sì." Mi siedo sul pavimento accanto al divano, aprendo il libro. Comincio a leggere. "Una volta, quando avevo sei anni..."

Leggo l'intera pagina molto lentamente. Indico il boa constrictor che sta per ingoiare la sua preda. "Sembra che il serpente stia per mangiare la creatura viola. Che tipo di creatura pensi che sia?"

Sarah arriccia il naso. "Gatto."

"Potrebbe essere un gatto", dico. "O una specie di... Non lo so, mangusta o qualcosa del genere."

Charlie rientra, aprendo una coperta di pile rosa e avvolgendola intorno a Sarah. "Ecco qui".

Si siede ai piedi del divano. Mi schiarisco la gola e giro pagina. Continuo a leggere piano. "Risposero.."

Mentre leggo, vedo gli occhi di Sarah diventare pesanti. Soffoco il mio sorriso, leggendo ancora le avventure del Piccolo Principe.

Sono consapevole che Charlie mi sta guardando. Lo ammetto, la sensazione di essere osservata da lui mi fa accelerare il cuore. È difficile rimanere concentrata sulle pagine del libro, ma ci riesco. Sarah allunga un braccio, facendolo scorrere intorno al mio avambraccio.

Il mio cuore si stringe forte e mi viene un nodo in gola.

Lancio un'occhiata a Charlie, ma lui sta guardando nel vuoto, lontano, la sua espressione è impenetrabile.

Sarah chiude gli occhi, ma io continuo a leggere. Voglio solo assicurarmi che stia dormendo. Sento di nuovo gli occhi di Charlie su di me e comincio a rallentare nella lettura. Quando lo guardo, sono incantata dai suoi occhi, verdi come una coppia di smeraldi.

"Penso che tu possa smettere", dice, la sua voce è appena più forte di un sussurro. Esita, poi dice: "Penso che berrò qualcosa sotto il portico. Vuoi unirti a me?"

Deglutisco e annuisco. "Sì".

"Ok. Preparo due drink." Si alza e si dirige in cucina.

Metto Il Piccolo Principe nelle mani di Sarah, liberandomi dalla sua presa sul mio braccio. Appoggio delicatamente il suo braccio sul suo corpicino addormentato e poi esco fuori in punta di piedi.

Mi sistemo sui gradini della veranda, guardando il sole che tramonta su tutta la piazza. Presto Charlie mi raggiunge, sedendosi accanto a me. È più vicino di quanto mi aspettassi, la sua gamba e il suo braccio sfiorano il mio corpo ogni pochi secondi.

Lo guardo di soppiatto, chiedendomi se se ne accorga. Se lo fa, di certo non lo dà a vedere. Mi porge un bicchiere di whisky con un paio di cubetti di ghiaccio.

"Salute", dico, tenendo il mio bicchiere in alto.

Restringe lo sguardo per un momento, poi fa tintinnare il bicchiere contro il mio. Bevo un sorso, facendo una smorfia mentre il dolce whisky mi brucia in gola.

"Cavolo," dico. "Forse è un po' troppo presto per il whisky per me."

Charlie ridacchia. "Hai ragione. È che... Ho avuto una settimana difficile."

Appoggio il bicchiere, raccogliendo i capelli sopra la spalla. "Ah sì?"

"Sì" sospira. Sorseggia il suo whisky. "Mia suocera è... Una storia complicata."

"Perché?" chiedo, inclinando la testa.

"Giovedì scorso è stato il nostro anniversario. Mio e di Britta, intendo. Così ho portato Sarah a trovare Helen. Helen si è limitata ad attaccarsi ai più stupidi dettagli. È stata molto critica nei miei confronti, riguardo al mio trasferimento a Pacific Pines. Ed è stata dura anche nei confronti di Sarah, sempre lì a correggerla. Mi ha davvero ferito."

I miei occhi si spalancano. "E hai trascorso più di un giorno con lei?"

Annuisce. "Già. Ci teneva così tanto a farci andare sulla tomba di Britta, e poi ha passato il resto del tempo a decantare le virtù di Seaside. Sta cercando di vendermi un appartamento con tutte le sue forze."

Mi mordo il labbro. *Stanno pensando di trasferirsi?* Sarebbe... Non mi piacerebbe. "E tu hai intenzione di comprarlo?"

"Seaside?" Ride. "Assolutamente no. È a solo un'ora da qui. E poi, continua a dire che se andassimo a vivere a Seaside, potremmo vivere in una delle sue proprietà in affitto e ci verrebbe a trovare quando vuole. Lo ha detto una dozzina di volte. È una persona che ama tenere tutto sotto controllo, e ho capito da tempo che vorrebbe comandare a bacchetta anche Sarah. No grazie, cazzo."

"Ah". Annuisco sollevata. "Direi proprio che ti sei meritato questo drink."

Sembra divertito. "Penso di sì."

Il silenzio regna per alcuni secondi, abbastanza a lungo da farmi diventare ansiosa. Charlie sorseggia il suo whisky, guardando il sole al tramonto.

"Mi dispiace per... Voglio dire, sono sicura che ricordare l'anniversario sia stato difficile." Lo guardo e vedo una profonda tristezza tremolare sul suo viso.

Annuisce, con la mascella serrata. "Già. Lo è stato davvero."

Quando guardo Charlie, non posso fare a meno di vedere un animale ferito. Forse un leone, forse un uccello con un'ala ferita che lotta per volare.

E lo giuro sulla mia vita, voglio essere io a curarlo, a portarlo a casa in una scatola da scarpe, a dargli da mangiare e a lasciare riposare la sua ala.

Voglio essere io quella a cui si rivolgerà per avere conforto.

È stupido, lo so. Non sono una teenager innamorata. Sono una bibliotecaria sola con i suoi problemi.

Ma ciò non impedisce al mio cuore di volere lui.

Faccio un respiro profondo e guardo in basso, sforzandomi di rimanere in silenzio.

11

CHARLIE

Scendo dalla mia macchina dirigendomi verso il mio appartamento dopo aver appena lasciato Sarah a Rosa per tutta la giornata. Entrando a contatto con l'aria della sera, socchiudo gli occhi.

Non è che voglia cercare Larkin. Giuro, no. Ma i miei occhi cercano automaticamente la sua macchina, una piccola Honda rossa. Quando la vedo, so che è a casa.

Lasciala stare, mi rimprovero. Incasinerai quella ragazza. Merita molto meglio di quello che hai da offrirle. Che praticamente è niente.

Quindi mi distraggo per un paio d'ore. Vado a farmi una bella corsa. Faccio le pulizie. Provo a leggere il Wall Street Journal, anche se non riesco nemmeno a leggere la prima sezione senza guardare meravigliato il muro che separa me e Larkin.

Alla fine mi faccio la doccia e mi vesto, sapendo già, da qualche parte nella mia testa, che busserò alla porta di Larkin. Sembra inevitabile.

Quando busso, lei apre immediatamente la porta e

sembra sorpresa di vedermi. È anche bellissima, indossa un abitino rosa corto. Mi escono quasi gli occhi dalle orbite di fuori quando vedo la scollatura che ha messo in mostra. A giudicare solo dal suo vestito, sta per uscire.

"Oh! Hey!" risponde lei.

Si aspettava qualcun altro. Vorrei che la mia nuova consapevolezza non mi mettesse in subbuglio lo stomaco, ma lo fa. Nascondo il mio momento di gelosia facendo una battuta. "Speravi in Brad Pitt?"

"Che cosa? Oh, no." Sorride. "Dov'è Sarah?"

"Passa la notte con mio padre e Rosa."

"Oooh, bellissimo. Volevi fare qualcosa? Perché un bel gruppo di persone della nostra età si incontra allo Stella."

Inarco un sopracciglio, incrociando le braccia. "Cos'è lo Stella?"

"È l'unico bar in cui vale la pena di andare prima di arrivare a Tillamook. Il sabato sera è alla moda." Poi sorride. "Dovresti venire!"

"Oh, non credo," dico, indietreggiando di un paio di passi. Mi strofino la nuca.

"Sì! Devi assolutamente incontrare nuove persone," insiste. "Dai, quando è stata l'ultima volta che sei uscito?"

Mi fermo, rifletto. È un po' imbarazzante il fatto che debba calcolarlo. "Uhhh... Onestamente, non lo so."

"Dovresti venire", dice con fermezza. "Sto per andare lì proprio adesso."

"Certo." Dico incerto, con l'intenzione di concludere la frase con *forse un'altra volta*. Ma Larkin si illumina totalmente quando pensa di avermi convinto.

E io mi sciolgo sempre davanti ai sorrisi smaglianti, specialmente davanti a qualcuno come Larkin. Chiudo la bocca, senza rivelare il mio intento originale.

"Sarà divertente!" esclama. "Fammi solo prendere il mio maglione."

Infilo le mani nelle tasche della mia felpa, reprimendo un sospiro. Larkin torna dentro per una frazione di secondo e poi riemerge, indossando un cardigan bianco.

Lo Stella risulta essere a pochi isolati dall'altra parte della città. È un edificio dall'aspetto semplice, dipinto di nero. Sento da fuori la musica dei Black Keys.

Larkin mi guida attraverso le doppie porte a battente in metallo. Il posto è pieno, c'è una marea di persone intorno ai venti o trent'anni. Ci sono grandi tavoli da una parte e un lungo bancone di legno dall'altra, molti sono in fila e aspettano un drink.

"Oh, ci sono dei miei amici", dice Larkin, indicando l'angolo. "Andiamo."

Mi tende la mano senza nemmeno guardarmi, aspettandosi che io la prenda. Esito per un secondo, poi gliela stringo. La sua mano sembra così piccola nella mia, le sue dita quasi scompaiono sotto la mia presa.

Attraversiamo la folla, andando nell'angolo più lontano. Mentre ci avviciniamo, riesco a vedere una decina di persone bloccate dietro un tavolo che fa angolo, un mix equilibrato di ragazzi e ragazze.

Arriviamo al tavolo e Larkin lascia andare la mia mano. Sono quasi dispiaciuto a quel gesto, non che mi aspettassi davvero che mi tenesse la mano tutta la notte.

Smettila! Mi rimprovero di nuovo. *Semplicemente... Basta!*

"Heyyyyy!" dice Larkin, abbracciando una ragazza carina dalla pelle scura che ci ha notato. "Hey ragazzi! Ehm, questo è Charlie, il mio inquilino. Charlie, loro sono Lisa, Jack, Anne-Marie, Seelah, Rick, Jared, Brooke, Mason, Jackson e Karen."

Li guardo negli occhi. A parte Lisa, quella dalla pelle scura che Larkin ha abbracciato, e Seelah, che ha una specie di etnia mediorientale, sembrano tutti uguali.

"Più tardi ci sarà un quiz pop", dice un ragazzo, riempiendo il suo bicchiere da una brocca in mezzo al tavolo. "Spero che tu sia uno che impara in fretta."

Il gruppo ride. *Perché sono venuto qui?* mi domando ancora.

"Ecco, possiamo prendere un paio di sedie e metterle qui", dice Lisa facendomi l'occhiolino.

"E per favore, attingete pure a questa brocca", ci esorta una delle ragazze. "Ecco dei bicchieri di plastica."

Prendo due di bicchieri di plastica rossa mentre Larkin solleva un paio di sedie. Prendo la brocca e riempio i nostri bicchieri per due terzi, passandone uno a Larkin.

"Grazie!" risponde lei. "Salute a tutti!"

Mi siedo e lascio chiacchierare Larkin, racconta un bel po' di cose gesticolando. Vederla agire socialmente è un po' come guardarla caricarsi e lanciarsi. Lascio che il rumore della folla mi travolga; per un secondo inizio a sentirmi un po' claustrofobico.

"Hey," dice Lisa, sorridendomi. "Sei nuovo in città, dico bene?"

Annuisco, sorseggiando la birra. Non faccio una smorfia, ma è calda e di bassa qualità. "Mi sono appena trasferito qui, circa un mese fa."

"Fantastico", dice, voltandosi col corpo verso di me. "Vivi dall'altro lato della casa di Larkin?"

"Sì, proprio così. Voi come vi conoscete?" chiedo io.

"Larkin e io siamo andate al liceo insieme. Non riesco a credere che sia tornata qui", dice Lisa. Il suo tono diventa un po' canzonatorio. "Pensavo che avrebbe scritto un libro, che sarebbe diventata milionaria e non avrebbe mai più parlato con nessuno di noi esseri insignificanti."

"Beh, allora direi che possiamo considerarci fortunati," rispondo, bevendo un altro sorso di birra. "Penso di volere qualcos'altro da bere. Vado al bar."

"Oooh! Vengo con te" dice Lisa. "Voglio davvero un tequila sunrise."

Mi alzo. Anche Lisa si alza, prendendomi sottobraccio e sorridendomi. Ho la sensazione che stia flirtando sul serio, ma non posso davvero farci niente.

Vado al bar, Lisa mi segue. Faccio la fila per un drink, guardando dall'alto verso il basso ogni singola persona attorno a me. Sì, sono nettamente il più alto.

"Sei piuttosto silenzioso," dice Lisa, tirando la il laccio sul cappuccio della mia felpa.

"Ah... sì?" rispondo.

"Sì", dice, alzando gli occhi al cielo. "Beh allora, vuoi raccontarmi i dettagli?"

"Scusami?" chiedo, aggrottando le sopracciglia.

"Tipo, stai con Larkin?" chiede. "O sei libero?"

Rido. "Non sto *con* nessuno. E si dà il caso che sto bene così."

"Uhh, anche permaloso!" mi prende in giro. "Non puoi arrabbiarti. Sto solo tastando il terreno."

"Oh okay" è tutto ciò che dico. Attiro l'attenzione del barista e ordino un whiskey e una tequila sunrise.

Butto uno sguardo al tavolo nell'angolo lontano mentre aspetto i miei drink. Larkin si è alzata dalla sedia e si è spostata sul divanetto per sedersi accanto a Jack. Sta parlando animatamente con lui. Lui le fa scivolare un braccio attorno alla vita, fingendo di stiracchiarsi.

Fanculo. Dovrei esserci io al suo posto. Dovrei essere io

quello con cui sta parlando, quello a cui sorride in quel modo.

No, ricordo a me stesso. Meglio di no.

Torno al bar. "Ehi, barista! Fammene tre di whiskey."

"Oooh, anche a me!" dice Lisa, appoggiandosi al bancone.

Quando il barista porta i nostri drink, Lisa fa tintinnare il suo bicchiere di plastica contro il mio. "Al nostro primo drink insieme."

Aggrotto la fronte, ma bevo comunque un po'. Poi penso al fatto che Larkin potrebbe tornare a casa con Jack. O peggio, potrebbe portarselo a casa sua.

Sì, avrò bisogno di molto whisky per affrontare questa sera.

Mi butto tutto il drink in gola, facendo una smorfia mentre mi brucia nel petto. Ne ordino subito un altro.

"Accidenti, che ne diresti di andarci piano?" chiede Lisa. "Voglio dire, non è per giudicarti, ma penso che tu sia troppo grosso per essere trascinato fuori da qui a fine serata."

Sorrido. "Questo presupporrebbe che vorrei rimanere qui per più di un'ora, cosa che in realtà non voglio."

Lei solleva le sopracciglia. "Come?"

"Torniamo al tavolo non appena avrò il mio drink", suggerisco. "Non vorrei che ti perdessi troppo a lungo la compagnia dei tuoi amici."

Mi lancia uno sguardo incerto. Non me ne potrebbe fregare di meno, il che significa che il whisky sta già funzionando. Prendo il mio drink e lancio un po' di soldi sul bancone, poi mi giro e torno al tavolo nell'angolo.

Mi siedo sulla stessa sedia. Lisa fa scalare le sue amiche in modo che possa ancora sedersi sul divanetto con loro. Larkin si gira verso di me. "Allora, ti stai divertendo?"

"Avevo bisogno di prendere un vero drink," dico con un'alzata di spalle. "Inoltre, non sono io quello che si diverte."

"No?" chiede lei, facendo una faccia imbronciata.

"No, direi che quelli siete tu e Jack." Bevo il mio drink.

Larkin arrossisce. "Jack? No, gli stavo solo raccontando una storia."

"Ha il braccio attorno alla tua vita", faccio notare con un cenno della testa. "Non credo che la pensi come te."

Gira leggermente la testa e vede che ho ragione. Faccio un gran sorso del mio drink e mi diverto a vederla in imbarazzo.

"Sai cosa? Devo un attimo andare in bagno", dice Larkin. "Scusami."

Deve scavalcarmi per passare, tutto il suo corpo quasi tocca il mio. Per la prima volta la cosa non mi dispiace. Anzi, se fossimo soli spingerei il suo corpo contro il mio.

Esplorerei la sua piccola bocca imbronciata, passerei le mani attraverso le sue perfette trecce bionde.

Mi guardo alle spalle, guardo il corridoio in cui Larkin sta scomparendo. In una frazione di secondo mi alzo e metto il mio bicchiere sul tavolo. Non so bene perché lo stia facendo, ma improvvisamente seguo Larkin.

Devo aspettare un secondo, perché una ragazza si piega proprio di fronte a me per sistemarsi la scarpa. Quando raggiungo quel corridoio buio, non c'è nessuno in vista. Cammino verso il bagno degli uomini, poi vedo la seconda porticina con su scritto *Donne*. All'improvviso mi rendo conto che il mio cuore batte forte.

Respiro profondamente facendo un passo verso la porta. Si apre prima che io mi muova, ne esce Larkin con un'espressione confusa.

Mi guarda con un'espressione accigliata che le increspa

le labbra. "Sei ancora irritato per quella cosa con Jack? Perché penso che..."

Ringhio, allungando la mano e afferrandola per la vita. Tutti i miei pensieri sono in subbuglio; tutto quello che so per certo è che ho bisogno di sentire le sue labbra contro le mie.

Le raccolgo i capelli all'indietro e le prendo il mento, guardando il suo viso a forma di cuore. Mi fissa, tante emozioni fluttuano nei suoi occhi. Non riesco a riconoscerle tutte, ma avverto lussuria ed esitazione in egual misura.

Passo il pollice sulle sue labbra di un rosa perfetto, guardandola attentamente. I suoi occhi si socchiudono, e l'esitazione che avevo visto lascia spazio al desiderio. Le sue labbra si separano, più che pronte per me.

Mi chino, facendo collidere le mie labbra contro le sue. *Sì*, dice una voce *nella mia testa. Cazzo, sì. Vuoi questo. Ne hai bisogno.*

Larkin è dolce e salata, caramello bruciato e melassa nera. Gemo nella sua bocca. Non ho mai desiderato nulla tanto quanto lei.

Mi avvolge le mani attorno alla nuca, rendendomi più affamato che mai. È così piccola, così fragile; la afferro e la giro, in modo che la sua schiena colpisca il muro.

Mi morde il labbro inferiore con i denti. Ringhio e prendo il controllo del bacio, la mia lingua invade la sua bocca, affondando con colpi ritmici. Faccio un passo avanti, premendo il mio corpo possente contro il suo che è piccolo.

Sento i suoi seni schiacciati contro il mio busto, i suoi fianchi che toccano le mie cosce. Divento duro davanti suo calore, al suo gusto, al suo profumo. Solo per un secondo, spingo il mio cazzo rivestito di jeans contro il suo stomaco.

Fa un verso grave in fondo alla gola. Forse sta immaginando come sarebbe liberare il mio cazzo dai miei pantaloni. O forse sta immaginando cosa proverebbe a stare sotto di me, senza barriere tra di noi.

Le mordo il labbro inferiore e vengo ricompensato sentendo le sue unghie contro la pelle nuda del mio collo. Ho la sensazione che sia una gatta selvatica a letto, che gratti, graffi e cerchi di ruggire.

Spezzo il nostro bacio, spostando le mie labbra sul suo collo. Ho soltanto una cosa in mente, e sono capace di escludere le persone intorno a noi, il forte rumore del bar. Larkin, però, non ci riesce.

Sento le sue mani sul mio petto, mi respinge. La sua voce è senza fiato. "Penso che... Charlie, penso che dobbiamo fermarci."

La ignoro, chiudendo gli occhi e inclinando la sua testa per avere più accesso al suo collo. La mordo dolcemente.

"Ohhh," sussurra. Le sue mani mi stringono la camicia per un momento. Lo prendo come un buon segno, quindi la mordo di nuovo. "Cazzo! Charlie... Dobbiamo... Charlie, basta!"

La sua voce ha un vibrato autorevole che mi fa ritirare e cercare il suo viso.

"Scusa", dice, sistemandosi il vestito. Mi guarda con un viso che mi implora. "È solo che... sei un po' brillo e siamo in un bar affollato. Non voglio fare nulla di cui poi potremmo pentirci."

Mi imbroncio. "Va bene."

Mi volto e mi dirigo verso il corridoio, con l'intenzione di uscire da questo bar. La sento proprio alle mie spalle. "Charlie, aspetta!"

Ma io non aspetto. Ignoro la sua mano che atterra sul mio polso, la tolgo via, spostandomi tra la folla.

Sì, probabilmente ha ragione. Avrò rimpianti. Cavolo, già li sto avendo.

Ma non volevo sentirmelo dire. Volevo solo perdermi in quel momento, nel suo corpo fottutamente splendido, nelle sensazioni che stavo provando lì in quel bagno.

È così sbagliato?

Esco velocemente, evitando tutti gli altri. Finalmente arrivo alla porta del bar e sono libero. Cammino nell'oscurità della sera, mi infilo le mani in tasca e mi dirigo a casa.

12

LARKIN

Prendo fiato prima di bussare alla porta di Charlie qualche giorno dopo. Sono nervosa, i palmi delle mani mi sudano. Le pulisco con discrezione sui miei jeans.

Sapevo di dover concedere a Charlie un paio di giorni per dargli tempo dopo quello che era successo tra noi al bar. Quella notte era stato trascinato da un vortice di emozioni, e per di più era brillo.

Ma ora che avevo trascorso tre giorni ad ascoltare i deboli suoni della sua vita attraverso il muro, dovevo venire qui. So che dovrei lasciarlo solo. Lo so.

E onestamente, se fosse stato un altro ragazzo, mi sarei rassegnata. Ma Charlie è il leone con una spina nella zampa, e io sono il topolino che vuole semplicemente aiutarlo.

Perciò eccomi qui. Qualcuno potrebbe dire che mi piace cercarmela, e non sbaglierebbe.

Busso alla porta, il mio cuore batte furiosamente, come un tamburo. Sento i passi di Charlie che si avvicinano alla porta. Spalanca la porta, piantandosi sulla soglia.

"Ciao", dico, cercando di parlare con tono allegro.

Charlie mi guarda, la sua espressione è impassibile. "Hey."

"Ti dispiace se parliamo in privato per un secondo?"

Si guarda alle spalle, poi esce sulla veranda, chiudendo la porta.

"No, nessun problema", dice, sospirando. Cerco di valutare il suo umore, ma la sua espressione è assolutamente impenetrabile.

Fantastico. Comincio a dire: "Volevo scusarmi..."

Mi interrompe posando una mano sul mio avambraccio. "Ferma, ferma. Avevi perfettamente ragione. Ero un po' ubriaco, e volevo solo... Penso che avevo solo bisogno di scaricare un po' la tensione. Mi dispiace davvero, Larkin."

La mia bocca rimane aperta in una perfetta O di sorpresa. "Non sei... tipo... Arrabbiato o altro?"

Scuote la testa. "No. Avevi ragione, me ne sarei pentito."

Per quanto cerchi di rimanere distaccata, non posso fare a meno di essere un po' ferita dalle sue parole. Certo, sono venuta qui per convincerlo di quello che ha appena detto... ma forse il mio cuore vorrebbe altro.

Stringo gli occhi, ho bisogno di nascondere le mie emozioni e respingerle dentro. Così guadagno qualche secondo per evocare il mio sorriso falso. "Giusto! Beh, sono contenta che la pensi così."

Le mie parole sono come sabbia nella mia bocca. Charlie mi lancia uno sguardo inquisitorio. "Sì?"

Vede lo sguardo in conflitto che cerco di nascondere. Faccio un respiro, sapendo che ho bisogno di cambiare argomento.

"Ehi, pensavo di portare a spasso i miei cani fino al parco", sputo fuori. "Tu e Sarah volete venire?"

Mi lancia ancora uno sguardo interrogativo, ma annuisce. "Va bene. Ho promesso a Sarah che saremmo usciti e avremmo fatto qualcosa tutto il giorno. Ho appena finito di fissare lo schermo del computer cercando di capire su quali aziende la mia azienda dovrebbe disinvestire."

"Fantastico!" dico, piena di finta allegria. "Fammi prendere i cani. Ci rivediamo qui tra pochi minuti."

Scoppiano alcuni minuti di felicità caotica in casa mia quando annuncio che andremo a fare una passeggiata. I due golden retriever sono sempre pronti per una passeggiata, le loro code battono eccitate. Sadie non lo capisce fino a quando non le aggancio l'imbracatura, poi anche lei è abbastanza eccitata da girare più volte in tondo su se stessa.

Faccio fatica a metterli tutti al guinzaglio e fuori dalla porta. Mi trascinano praticamente giù dai gradini della veranda, dove incontro Charlie e Sarah. Lui tiene Sarah in braccio, ma non appena lei vede i cani si contorce per essere messa giù.

"Cani!" dice.

Provo a frenarli, ma non appena Charlie la mette giù, Sarah affoga allegramente nei baci di uno dei cuccioli. Getta le braccia intorno al collo di Sadie, dando una pacca sul muso di Morris. Rido di Zack, che le sta annusando le scarpe.

"Pronta per fare una passeggiata?" chiedo a Sarah.

"Sì!" urla lei. "Andiamo."

Avevo intenzione di portare i cani al parco, ma visto che Sarah è qui e apparentemente a spasso con i cani, opto per un paio di giri intorno alla piazza della città.

Charlie, Sarah ed io iniziamo a camminare. Manteniamo un passo lento, cercando di tenere a mente che le gambe di Sarah stanno camminando da sole per tutto il lungo tragitto.

Charlie e io restiamo in silenzio per un po', finché non

vediamo un gruppo di anziani che cammina attraverso la piazza. Sono principalmente donne e pochi uomini dai capelli bianchi nel gruppo. Uno di loro indossa una camicia a maniche lunghe di Bill O'Reilly infilata nei pantaloni beige.

"Ahh", dice Charlie, scuotendo la testa. "Bill O'Reilly? Come si può ascoltare la merda che esce dalla bocca di quel ragazzo?"

Lo guardo. "Voglio dire, non credo che nessuno lo prenda più sul serio."

"Apparentemente quel tipo sì." Fa una smorfia. "Non sopporto questi mezzibusti. Hanno un milione di opinioni su quello che stanno facendo i militari in Medio Oriente, ma non hanno prestato servizio nemmeno per un giorno nelle forze armate. Mi mandano proprio in bestia."

"Allora... Insomma, eri nell'esercito?" gli chiedo.

"Sì. Sono stato nell'esercito per anni e poi sono stato reclutato dalla CIA."

Le mie sopracciglia si alzano. "Hai lavorato per la CIA?"

"Sì." Annuisce.

"E cosa facevi?" Quando mi lancia uno sguardo, rido. "Non puoi dirmi quale era il tuo lavoro?"

Scuote la testa. "Nah. Diciamo solo che ho visto un bel po' di robaccia. Sono stato laggiù, prima in Afghanistan, poi in Siria. Eppure, un ragazzo dalla bocca meschina come O'Reilly va in giro a dire alla gente un mucchio di stupide cazzate. E loro credono a ogni sua parola!"

Continua a scuotere la testa.

"Se può farti sentire meglio, non lavora più per Fox News. Lo hanno licenziato dopo l'ennesimo scandalo sessuale."

"Hmm", dice. "Quella è una roba che mi dà sui nervi."

Sorrido. "Cos'altro ti dà sui nervi?"

"Qualsiasi americano normodotato ma super patriottico che sventola la bandiera, si arma di pistola, osanna la bibbia, ha un'opinione su ogni dannata cosa che fa l'esercito americano. Ho conosciuto un paio di ragazzi così. Eppure, non hanno mai servito. Mi mandano in bestia." Vede che Sarah si è avvicinata a un quadro elettrico di metallo grigio, un po' fuori dal sentiero cementato. "Ehi, Sarah? Vieni qui. Guarda, guarda il cagnolino..."

Lo guardo mentre la guida dolcemente verso la salvezza. Dopo averla riportata sul sentiero, espira. "Di cosa stavo parlando?"

"Ciò che ti infastidisce." Mi fermo per un secondo a grattarmi il naso, cercando goffamente di farlo con la spalla.

"Hey, fammi tenere uno di loro", dice Charlie, tendendo la mano. Lo guardo con diffidenza, ma gli passo Zack. Dopo essermi grattata il naso lo guardo, ma sembra contento di tenere il guinzaglio di Zack.

"Odio i toast all'avocado", dice. "In realtà, odio qualsiasi tipo di cibo elegante e pretenzioso. Cose tipo... Lombata di arrosto e schiuma alimentare."

Sorrido. "Quindi niente cucina molecolare per te immagino?"

"Cazzo no. Sai cosa amo? Hummus e Babaganoush cucinati davvero davvero bene in casa, forse un po' di Makdous se mi sento un po' capriccioso."

"Non so nemmeno cosa sia."

"I Makdous sono melanzane ripiene. Quando sono stato in oriente adoravo il cibo. Sono stato uno dei pochi soldati che sono tornati a casa più grassi di quanto non fossero prima." I suoi occhi brillano. "Ma basta parlare di me. E tu? Non ho ancora visto niente che ti irriti."

"Beh, e non vuoi vederlo. Divento super terrificante quando mi arrabbio", scherzo.

"Per non so quale motivo, non ci credo."

"Già, sono troppo preoccupata per gli altri per arrabbiarmi, davvero." Ci penso per un secondo. "Odio davvero tanto quando sono in un grande gruppo di persone e la conversazione si sposta sulla politica. Mi è stato insegnato che non si parla mai e poi mai di politica o di denaro al di fuori delle conversazioni in famiglia."

Scrollo le spalle. Charlie mi guarda. "Tutto qui?"

"Mmmm... Voglio dire, per il resto sono normale. Odio i bulli. Odio la mentalità ristretta da paesano..."

"Che intendi dire?"

"Quel pensiero che se le persone vengono dalla città o vivono in città per un po' allora sono nemiche? Qui dilaga." Storco il naso.

Ride, il timbro profondo della sua voce rimbomba intensamente. Mi viene la pelle d'oca; penso sia la prima volta che ride davvero di gusto. Lo guardo con aria interrogativa.

"Che c'è?" gli chiedo.

"Niente. È solo che... sei decisamente unica", dice, scuotendo la testa con un sorriso. Il suo sorriso si attenua un po'. "Britta amava sempre cimentarsi nei dibattiti politici. Le piaceva solo discutere, immagino."

Faccio un respiro profondo. Sono stata paragonata alla straordinaria Britta? E se sì, come potrei essere al suo livello? Potrei anche solo lontanamente reggere il confronto con quella misteriosa donna del passato di Charlie?

La conversazione continua, io annuisco e sorrido. Ma sono ancora ossessionata da ciò che ha detto e dalla mia posizione in quella sorta di concorrenza.

Non puoi davvero vincere, penso. Sarai sempre seconda a lei.

Non mi rendo nemmeno conto che abbiamo completato il circuito e che ci stiamo di nuovo avvicinando alla casa.

Riprendo il guinzaglio di Zack, borbottando un saluto a Charlie e Sarah.

Sto salendo su per le scale, quando ascolto delle parole sulle quali dovrò cercare di non costruire castelli in aria.

"Ci vediamo più tardi, vero?" mi chiede Charlie da lontano.

Mi giro. Il mio cuore galoppa di nuovo. Sorrido.

"Certo", dico. "Fra un po'."

"Va bene, allora a dopo."

E poi se ne va, portando con sé Sarah nel suo lato della casa. Lasciandomi con i miei tre cani e una strana sensazione nel petto.

Oh no... Può davvero darsi che mi stia innamorando perdutamente di Charlie.

Beh... merda.

13

CHARLIE

"Ehi, Sarah," dico a mia figlia mentre attraversa la piazza con me. Tra le sue braccia c'è la sua copia di seconda mano de Il piccolo principe, il suo primo amato libro. "Dove stiamo andando? Stiamo andando a trovare Larkin al lavoro?"

Sarah ci pensa un secondo. "Mmm... sì!"

"E quali sono le regole della biblioteca, del posto in cui lavora Larkin?"

"No so." Viene distratta da alcuni bambini che camminano nell'aiuola. "Giucare?"

"Sì, quei bambini giocano", dico. "Però noi andiamo in biblioteca. È la Giornata Internazionale."

Sarah mi guarda. Resisto alla tentazione di alzare gli occhi al cielo; parlare con lei in questo modo sembra un po' stupido anche a me, ma Rosa dice che aiuta a sviluppare correttamente il suo cervello.

"Allora: Larkin ci ha invitato a venire in biblioteca qualche giorno fa. Pensavo di presentarci e basta, una specie di sorpresa. Non è strano, vero?" Faccio una pausa, ma Sarah si trascina a fatica. "Quindi giocherai con alcuni bambini della tua età. E dovrai cercare di stare buona. Pensi di riuscirci?"

Sarah annuisce, la sua espressione è molto seria. L'ha presa da sua madre, al cento per cento. A volte Britta era così, triste e seria, anche se non stavamo parlando di qualcosa di serio.

Respingo il ricordo di Britta. Non è il momento.

Sarah e io passeggiamo fino alla biblioteca di Pacific Pines, ammirando i suoi mattoni color oro chiaro e le sue grandi finestre. Indico i disegni di altri bambini attaccati ai bordi delle finestre e Sarah sorride.

Apro la porta di vetro e Sarah entra. La biblioteca sembra essere colorata con delle tonalità di blu e verde; c'è una reception verde alla mia sinistra, e i tappeti sono blu e verdi. Anche gli scaffali alla mia destra sono blu.

"Laki!" grida Sarah, correndo verso il punto in cui si trova Larkin, ad un tavolo di fronte a noi. Larkin è seduta con altri sei bambini, ognuno che fa i suoi lavoretti. Larkin si gira un secondo prima che Sarah si scontri con le sue gambe, abbracciandola.

Larkin è sempre carina, ma oggi ha qualcosa di particolare... indossa un abito blu scuro e un cardigan verde smeraldo, quasi abbinati alla biblioteca. I suoi lunghi capelli biondi sono raccolti in una treccia e si adagiano ordinatamente sulla sua spalla.

I miei occhi scrutano sull'unico lembo di pelle che ha lasciato scoperto: le sue gambe. Per qualche motivo, non posso fare a meno di immaginare che tipo di mutandine indossi. Mi accontento di qualcosa di pizzo bianco che si abbini al suo reggiseno. Mi sembrerebbe proprio da Larkin.

"Oh, ma ciao!" mi dice Larkin. Appoggia le forbici che ha in mano e si inginocchia per abbracciare Sarah. Poi mi guarda. "Siete venuti!"

Annuisco. "Avevamo bisogno di uscire di casa."

"Sono contenta che l'abbiate fatto. In questo momento stiamo realizzando delle strisce di giornale per poi fare della carta pesta." Guarda Sarah. "Vuoi darmi una mano?"

"Sì!" dice Sarah sorridendo.

Sorrido, felice di fare un passo indietro e lasciare che Larkin prenda il comando.

"Va bene. Allora ti faccio mettere qui..." Larkin conduce Sarah a una sediolina lì vicino e le consegna i materiali. Alcuni dei bambini più grandi lavorano con le forbici di sicurezza, ma Larkin mostra a Sarah come strappare il giornale con le mani. Presto Sarah strappa diligentemente la carta a brandelli.

Mi prendo qualche minuto per fare un giro per la biblioteca. Cammino lungo le navate laterali degli scaffali che torreggiano su di me, prendendo un libro a caso ed esaminandolo prima di rimetterlo a posto. Quando finisco il mio controllo casuale, Larkin è di nuovo al comando del tavolo.

Sarah strappa un pezzo di giornale, poi lo solleva per farlo vedere alla bimba accanto a lei. Probabilmente ha solo un anno o due, ma annuisce con serietà solenne davanti al loro progetto condiviso.

Sarah ne sembra soddisfatta. Mi guardo attorno al tavolo, meravigliandomi di come i bambini si comportino bene.

"Davvero calmo e organizzato per essere un progetto di carta pesta in una biblioteca", dico avvicinandomi a Larkin. "Pensavo di entrare in una zona di guerra."

Larkin ride. "Ormai ho realizzato un bel po' di progetti artistici. Penso che fino a quando io sono tranquilla e rispettosa della biblioteca, allora lo saranno anche i bambini. E poi ho promesso loro che se si comportano bene, poi potranno fare merenda."

Lei mi fa l'occhiolino. Io ridacchio. "Quindi li hai ricattati?"

"Sì. Ma guarda il risultato!" risponde lei. "Ne vale assolutamente la pena."

Scuoto la testa, ma sono d'accordo. Mi rendo conto che Larkin è brava con i bambini. Non solo con Sarah, ma con tutti i bambini da quello che vedo.

"Davvero impressionante", dico. Arriva un'altra bibliotecaria, una donna bruna più anziana.

"Vuoi che ti dia un po' il cambio?" chiede l'altra bibliotecaria. "Ho fatto tutto ciò che potevo fare con l'inventario finora."

Larkin guarda Sarah, che è totalmente coinvolta nel suo lavoro, intenta a strappare il giornale. "Okay, Barb."

Consegna le redini a Barb, guardandomi in segno di scusa.

"Mi dispiace, devo andare un po' dall'altro lato della biblioteca."

"Forse posso farti compagnia", dico. "Lasciami chiedere a Sarah."

Faccio il giro del tavolo e mi accovaccio accanto a Sarah. "Ehi. Non me ne vado, ma sarò laggiù vicino agli scaffali. Se hai bisogno di me, è lì che puoi trovarmi. Okay?"

"Kay", dice Sarah, corrugando la fronte sul grande foglio di giornale che si sta strappando. A quanto pare non desto in lei nemmeno la più piccola preoccupazione in questo momento

Mi alzo e vedo che Larkin è già sparita. Cammino lungo il bordo degli scaffali, cercandola tra le pile. Vedo un bagliore di smeraldo e svolto ad un angolo per trovare lei intenta a fare l'inventario. Cammina con un carrello pieno di libri appena restituiti, poi si ferma e trova di volta in volta il posto giusto per ognuno di essi.

"Ehi", dico. Si gira verso di me con un leggero sorriso. Provo a scherzare: "Cosa ci fa una bella signorina come te in un posto come questo?"

Larkin diventa rossa come un peperone alle mie parole, abbassando la testa.

"Sei proprio pessimo, Charlie. Ad ogni modo apprezzo il fatto che tu abbia provato a fare una battuta. Non ti ho mai visto provare ad essere divertente prima d'ora."

Mi piace il fatto che le mie parole l'abbiano fatta diventare rossa. Una risatina rimbomba nella mia pancia. "Il mio senso dell'umorismo è un po' arrugginito. Lo riconosco."

"Almeno ci provi. Un passo alla volta." Mi lancia uno sguardo malizioso, poi si gira a cercare il posto di un libro su uno scaffale alto. Il silenzio si protrae per un minuto.

Cerco qualcosa da dire.

"Il mio datore di lavoro mi ha chiamato questa settimana. Mi è stata offerta una promozione," è tutto quello che riesco a dire.

"Ah sì?" dice Larkin.

"Già. Ho un po' di tempo per decidere. Il salario è eccezionale. Il rovescio della medaglia sarebbe che devo avvicinarmi a New York, per essere vicino alla sede principale."

Fa una pausa con la mano sullo scaffale. "Davvero?"

"Sì. Però non so... Voglio dire, mi sono appena trasferito qui affinché Sarah potesse essere più vicina ai suoi nonni." Scrollo le spalle. "Si è davvero affezionata a Rosa, la moglie di mio padre."

E a te, penso, ma ometto quel pensiero.

"Lo farei, se ne avessi la possibilità. Senza pensarci due volte," dice lentamente. Mette un altro libro sullo scaffale.

"Ti trasferiresti in una grande città?"

"Mi trasferirei a New York. È la città dei miei sogni. E poi pare sia la città in cui vivono i più grandi scrittori ed editori."

Chino la testa, appoggiato a uno degli scaffali. "Sei una scrittrice?"

Lei arrossisce di nuovo. "No, non proprio. Voglio diventarlo, però."

"Di cosa scriveresti?" chiedo io.

"Beh, sto lavorando a un romanzo da circa un anno."

"Un romanzo su...?" rispondo prontamente.

"Uhhh, diciamo..." dice, sistemandosi una ciocca di capelli dietro l'orecchio. "Una famiglia e la loro fattoria. Sto cercando di creare una trama un po' come quella di Isabel Allende, che mostri tre generazioni."

"Non ho idea di chi sia quest'autrice, ma sono sicuro che sia fantastica." Sorrido.

"Oh, assolutamente fantastica! Scrive dei romanzi drammatici davvero epici. Ha occhio per i dettagli e sa davvero come intrecciarli nel tessuto di una storia. È semplicemente..." Rabbrividisce e ride. "Sì, è sicuramente il mio idolo."

"Insomma... Quindi hai intenzione di trasferirti a New York prima o poi?"

"Sì. Una volta sistemata questa casa, me ne andrò da qui." Alza le sopracciglia. "Sempre se avrò finito il mio libro per allora, ovviamente."

"Sembra che tu abbia le tue priorità ben chiare." Spinge il carrello nella mia direzione e io mi allontano.

"È bello avere obiettivi diretti e chiari fissati davanti a te", dice, prendendo il libro successivo e leggendo il titolo. "Qualcosa da sognare, qualcosa su cui lavorare."

"Hmm", è tutto ciò che dico. Ma dentro, mi chiedo se ho obiettivi o sogni. Sembra che negli ultimi due anni tutto sia deragliato a causa della morte inaspettata di Britta.

Sento una fitta; pensare alla fine di Britta è ancora fottutamente doloroso. Ma posso vedere una luce alla fine del lungo tunnel in cui la sua morte mi ha spinto... E, di conseguenza, posso guardare indietro e vedere un po' quanto fossi dannatamente depresso.

È stata una salita faticosa, buia, apparentemente infinita.

Adesso però? Ora non sembra più senza speranza.

Lancio un'occhiata a Larkin, deglutendo. Potrebbe esserci un motivo per cui mi sento di nuovo fiducioso. *Lei* potrebbe essere la ragione, la luce alla fine del mio tunnel.

Anche se non posso ammetterlo ad alta voce, ho lasciato che Larkin entrasse pian piano nella mia testa. Non posso negarlo.

Faccio un respiro profondo, espirando lentamente. Mi sto lasciando distrarre da lei. Dove eravamo rimasti?

Ah, sì. Avere un obiettivo. Perché Larkin ha ragione. Se sono vivo e se sono a capo delle mie emozioni, ho bisogno di un progetto e di un risultato desiderato.

E starmene lì a pensare a come possano essere le mutandine di Larkin non conta, anche se soddisfa un mio lato molto maschile.

Larkin sposta il carrello dietro l'angolo dirigendosi verso la corsia successiva. La seguo come un cucciolo smarrito, perché non so cos'altro fare.

14

LARKIN

"Ehi, guarda cos'ho". Dico, sollevando il cestino da picnic mentre Charlie apre la porta. Mi fissa comicamente, i suoi capelli sono tutti disordinati. Noto che non indossa una maglietta, ma solo i pantaloncini grigi del pigiama.

Mi sforzo di non fissare i suoi pettorali cesellati, di non contare ogni singolo quadratino nei suoi addominali scolpiti, di non farmi impressionare dai suoi bicipiti. Voglio dire, sapevo che fosse così bello da farmi svenire, ma questo...

Questo mi lascia di stucco. Sbatte le palpebre alla luce del sole, coprendosi gli occhi con le mani.

"Mmmm... Non vedo bene, cos'è?"

Sembra un po' confuso. Alzo lo sguardo sul suo viso e prometto a me stessa che non sbaverò all'idea che abbia una V perfetta nel basso addome. Una scia di peli serpeggia da sotto l'ombelico per scomparire sotto la cintura.

Mi sento in preda agli ormoni, come se potessi strappargli i pantaloni all'istante e spingermi lì sotto con lui. Certo, sono alta solo un metro e mezzo... probabilmente sarebbe stupido pensare che riuscirei a strappargli i pantaloni di dosso vincendo la sua resistenza.

"Un picnic", gli dico, lanciandogli uno sguardo divertito. "Quindi è un cestino da picnic. È così bello fuori, ho pensato che potesse piacervi andare al parco. Possiamo anche stendere una coperta... "

Sollevo la coperta blu che ho portato. Attira di nuovo la mia attenzione, facendomi abbassare gli occhi e poi alzare di nuovo lo sguardo.

Storce il naso. "Rosa è venuta per portare Sarah al caseificio di Tillamook. Entrambe sono fuori tutto il giorno."

"Oh". Metto giù il cestino e faccio una faccia delusa. "È un vero peccato. In realtà ho già preparato dei sandwich, una bottiglia di vino e tutto il resto."

Mi guarda per un lungo secondo. Vedo come dei calcoli in corso dietro il suo sguardo vacuo. È davvero allettante l'idea di smettere di fingere e chiedergli direttamente di andare a letto insieme.

Arrossisco al solo pensiero però, è così improbabile che accada.

"Ehmm... Io posso comunque venire," mi dice. "Voglio dire, sempre se vuoi."

Le mie sopracciglia si inarcano. "Tu vuoi?"

"Sì", dice, girandosi a guardare dietro di sé. "Dammi un paio di minuti per vestirmi, va bene? E poi andremo."

"Certo!", dico, più entusiasta del dovuto.

Mi lancia uno sguardo perplesso, chiudendo la porta.

Ottimo lavoro, mi dico, alzando gli occhi al cielo. *Stai andando proprio bene cercare di mascherare la tua attrazione con l'entusiasmo.*

Mi siedo sui gradini della veranda allargando la gonna verde oliva, mi dico di rilassarmi. Fedele alla sua parola,

Charlie riesce in pochi minuti, vestito di nero dalla testa ai piedi come suo solito.

Tira su la cerniera della sua felpa col cappuccio. "Pronta?"

"Prontissima", rispondo con una voce cantilenante.

Mi lancia uno sguardo. "Sei strana oggi."

Mi mordo la lingua. Perché ha ragione da vendere... ed è a causa sua. Ha aperto la porta senza maglietta, e ora io sono senza parole e troppo impaziente.

"Dove avevi intenzione di andare?" mi chiede uscendo dalla veranda.

"In realtà stavo pensando che, dal momento che non c'è Sarah, potremmo andare oltre l'orto", dico muovendo un pollice in quella direzione. "Non è un'escursione o altro, ma penso che Sarah sia troppo piccola per andare laggiù."

"Allora mi faccia strada, sua maestà", mi dice, chinando la testa.

Lo guido attorno alla vecchia grande casa, nell'erba troppo lunga, e dietro la proprietà. Indosso un vecchio paio di Converse rosso sangue; si distinguono piuttosto bene contro il terreno roccioso mentre mi dirigo verso i cespugli bassi.

"Arriveremo fra meno di cinque minuti", gli assicuro. Mi guardo indietro e trovo il suo sguardo fisso sul mio culo. Divento fucsia.

Forse non sono l'unica ad essere tentata dalla carne.

Mentre vado, il cestino da picnic diventa pesante sull'incavo del braccio. Mi fermo per cambiare braccio, ma Charlie interviene. Mi tocca il braccio e mi porta via il cestino. Mi rimane una sensazione di formicolio nel punto in cui mi ha toccato, stringo la coperta blu contro di me come se fosse un'ancora di salvezza.

"Cosa hai messo dentro?" mi chiede scherzosamente.

"Solo l'essenziale", gli assicuro. "E dei mattoni."

Mi sorride e io mi sciolgo un po'. Non ha mai sorriso così tanto in mia presenza, questo è certo.

Saliamo su per una stradina, gli alberi germogliano intorno a noi. Il suono dell'acqua che scorre riempie i miei sensi; l'aria è piena dell'odore di ozono, come quando ha appena smesso di piovere. Poi, improvvisamente, il terreno torna ad essere in discesa e sbuchiamo su una riva del fiume illuminata da chiazze di sole.

"Wow," dice Charlie, guardando la bellissima riva muschiosa proprio davanti a noi. Si sposta in avanti per scrutare il fiume. "Bello. Sembra un ruscello ora, ma scommetto che a fine primavera s'ingrossa."

"Proprio così", dico. Mi sporgo in avanti e stendo la coperta a terra, poi mi siedo a gambe incrociate. Il terreno è duro, ma la giornata è così bella che sono disposta a non pensarci.

Charlie si guarda intorno per un secondo.

"È davvero carino! Deve essere stato fantastico crescere con un posto del genere dietro il tuo cortile." Viene e posa il cestino da picnic, poi si siede accanto a me. Siamo abbastanza vicini da toccarci le ginocchia.

"Mmm, sarebbe stato carino se avessi avuto un'altra madre. Una volta, quando avevo dodici anni, sgattaiolai fuori per venire qui e incontrare un gruppo di ragazzi della scuola. Mia madre impazzì e chiamò gli sbirri quando si rese conto che non ero in casa. Tornai in casa scoprendo che era stata invasa dai poliziotti..." Scuoto la testa. "E mia madre ha usato quella scusa per mettermi in castigo per tre mesi."

"Tre mesi? Dio. È davvero *tanto*."

Annuisco, allungando la mano nel cestino per iniziare a spacchettare il tutto. Estraggo prima i tramezzini e le fette di mela, disponendoli a terra.

"Mi disse che non mi avrebbe fatta accoppiare sotto il suo tetto." Alzo gli occhi al cielo. "Per svariati anni non ho capito cosa intendesse."

Prendo una bottiglia di pinot nero dell'Oregon e due bicchieri di plastica. Ammicco con le sopracciglia a Charlie, che ridacchia e prende la bottiglia di vino. Stacca l'involucro, poi usa lo stappa bottiglie per aprirla.

"Va bene", dice, allineando i bicchieri e versandone un po' in ognuno. "Il primo brindisi è al goderci questo posto senza ripercussioni. Beccati questa, Big Ruth."

Mi porge un bicchiere e lo faccio tintinnare contro il suo. Bevo un sorso; il vino è molto fruttato e fragrante, le note di ciliegia e mora scendono giù che è una bellezza.

"Mmm," mormoro. "Un buon pinot nero dell'Oregon è sempre rinfrescante."

Annuisce, sorseggiando il vino. "È da un secolo che non bevo vino rosso."

"Ma oggi è il giorno perfetto per farlo, non credi?" chiedo, appoggiandomi ai gomiti. "Abbiamo la luce del sole, abbiamo il verde e gli alberi, abbiamo il torrente..."

Bevo un altro sorso e un po' di vino mi gocciola sul mento. "Oops", dico, imbarazzata.

E non è che non se ne sia accorto o altro: i suoi occhi sono sulla mia bocca. Comincio a pulire il vino con il dorso della mano.

Mi ferma, afferrandomi la mano. Per un momento in cui i nostri occhi si incontrano, il marrone si scontra con il verde. Il suo sguardo è intenso, pieno di desiderio, sete e un milione di altre emozioni che non riesco a decifrare.

Poi china la testa sulla mia. La mia bocca si schiude mentre prevedo il bacio. Sento il suo respiro affannato sulle mie labbra, il suo corpo che si irrigidisce.

Preme le sue labbra calde e carnose sulle mie. Sospiro nel bacio aprendo la bocca, lasciandolo entrare. Le nostre lingue si incontrano timidamente, danzando in un modo che sembra familiare ma allo stesso tempo completamente nuovo.

Le nostre labbra, le nostre lingue e i nostri denti smaniano e cercano. Prende il controllo, stringendo il braccio attorno a me, avvicinandomi a sé. Allungo una mano e afferro la sua felpa nel pugno facendo leva su me stessa.

Charlie mi morde il labbro inferiore con i denti e io gemo. Ogni nervo è improvvisamente più vivo di prima. È come se i miei sensi fossero in sintonia con lui. Mi stringe il mento, mi tiene la testa e trascina le sue labbra lungo la mia gola. I suoi baci bruciano come se mi stesse marchiando a fuoco.

È così che mi sento quando mi tocca: come se fossi marchiata per sempre, contrassegnata come sua. Faccio scorrere le mie dita verso l'alto, sentendo la sua mascella tremolante e i capelli corti e a spazzola sulla sua nuca. Bacio la sua guancia, la sua mascella, il lobo del suo orecchio.

Solo allora emette un suono sommesso, un gemito profondo nel petto. Si allontana lasciandomi un attimo confusa, ma lo fa solo per togliersi la felpa. Presa dal momento, anch'io mi tolgo il cardigan. I muscoli dei suoi bicipiti si gonfiano; mi rendo conto che ha un tatuaggio sul lato interno del braccio, ma la sua camicia lo copre un po'. Vedo solo il contorno di alcune foglie.

Voglio vederlo di nuovo senza camicia. L'idea di rivedere

le sue braccia e i suoi addominali mi fa aumentare un po' la salivazione. Diavolo, voglio vederlo nudo.

Mi mordo il labbro e arrossisco all'idea, ma ormai non è così improbabile che accada. Dopotutto, ci stiamo baciando proprio ora.

Mi tira sul suo grembo. Mi volto e lo guardo, spingendolo sulla schiena per cavalcarlo. È una sensazione davvero bella, tenermi la gonna e premere la mia figa contro di lui sentendo le mie mutandine contro il tessuto dei suoi jeans.

Sento il suo cazzo, lungo e duro. Le sue dimensioni mi fanno gemere ad alta voce, mi fanno immaginare come sarebbe averlo dentro di me. Si china e imprigiona la mia bocca nella sua, contorcendosi leggermente. Quel movimento manda una scossa di piacere dritta verso il mio cuore.

Sento che divento bagnata, che inizio ad inumidire le mie mutandine.

"Ahhh", gemo. "Oh dio, è troppo bello."

Inizio a fare avanti e indietro, baciandolo e sentendo l'attrito tra i nostri corpi. Charlie geme piano, togliendo la mia camicia dalla cintura della mia gonna. La tira su e me la sfila lentamente dalla testa, scoprendo il mio reggiseno di pizzo rosa.

"Cazzo" mormora, seppellendo la faccia tra i miei seni.

Mi bacia fino alla clavicola, poi stuzzica ciascuno dei miei seni, facendo scivolare la sua lingua sulla pelle, poco prima del mio reggiseno.

Gemo, ho bisogno di più di quello. Si tira indietro, guardandomi negli occhi mentre abbassa lentamente le spalline del mio reggiseno. Allungo una mano dietro di me e sgancio il reggiseno, desiderosa di sentire la sua lingua su ogni centimetro di pelle disponibile.

"Cazzo," dice ancora, corrugando la fronte. "Dio, sei così dannatamente bella, Larkin."

Lentamente, con passione e intensità, prende il mio capezzolo in bocca. Io sussulto. Lo morde, poi lo bacia, poi lo prende completamente in bocca succhiandolo.

Ricomincio a dondolare e mi mette una mano sulla schiena, incoraggiandomi. La mia figa è inondata dal desiderio, pronta per lui.

Non ho mai voluto niente così intensamente come voglio Charlie in questo momento.

Le mie mani arrivano fino all'orlo della sua maglietta, tirandola su, scoprendo i suoi addominali. Si toglie la camicia all'istante, dandomi pieno accesso alla sua pelle liscia, ai suoi muscoli perfettamente modellati. I miei occhi si spalancano mentre le mie dita esplorano le valli e le scanalature del suo corpo cesellato.

"Gesù", esclamo ad alta voce.

Bacia la mia spalla e la mia clavicola. Mi sento una monella quando cerco la cerniera sui suoi pantaloni, quando la abbasso e scopro i boxer neri. Charlie geme quando accarezzo delicatamente il suo cazzo lungo ed enorme da sopra le mutande.

Mi chiedo persino se riuscirò a prenderlo dentro di me. *C'è solo un modo per scoprirlo, no?*

Mentre comincio a sfilare i suoi slip avvertiamo dietro di noi un suono forte, come uno schianto. Senza un attimo di esitazione, le braccia di Charlie mi avvolgono, proteggendomi.

Tre ragazzi della scuola media arrivano a tutta velocità lungo il sentiero, scontrandosi fra loro nella fretta di fermarsi quando ci vedono. Li riconosco, anche se non conosco i loro nomi.

Ma loro mi riconoscono a prima vista. Mi guardano a bocca aperta, mentre Charlie si affretta a trovare la sua felpa con cappuccio e me la mette alle spalle. Il mio viso si infuoca di dieci tonalità di rosso differenti, ognuna più umiliante della precedente.

"Signorina Lake?" chiede uno dei ragazzi.

"Dobbiamo andarcene", dice un altro ragazzo, dando un colpetto alle braccia degli altri.

"Ma..." dice il primo ragazzo.

"Andatevene!" tuona Charlie.

Si voltano e scappano alla velocità della luce, già ridacchiando tra loro.

"Oh mio Dio", sussurro, indossando la maglietta. Mi stacco da Charlie e afferro i miei vestiti. "Oh mio Dio, ma a cosa cazzo stavo pensando?"

Sono in crisi, penso a cosa succederà quando quei ragazzi lo diranno ai loro genitori. Come ho potuto essere così stupida? Sono preoccupata per me stessa, per la mia carriera.

È solo quando sono completamente vestita che vedo Charlie lì, completamente distrutto.

"Oh, Charlie, non intendevo..." comincio a dire, ma mi ferma con un cenno della testa.

"No, hai ragione", dice. Lo sguardo nei suoi occhi è determinato. "È stato un errore."

"Charlie, non penso che sia stato un errore" ribatto, raccogliendo i tramezzini e le fette di mela.

"Non mi interessa cosa pensi", dice, sembrando incazzato. "Ho commesso un errore. Non succederà più."

Mi guarda, i suoi occhi verdi mi pietrificano. I peli sulla mia nuca cominciano a rizzarsi. Non posso dirgli nulla in questo momento, ora che pensa che toccarmi, baciarmi, sia stato un errore.

Quante altre volte commetterò lo stesso errore? Mi domando.

"Bene", dico alla fine. "Come vuoi..."

Si gira e si allontana dalla radura, lasciandomi sola a ripulire il casino che abbiamo fatto... sia fisicamente che emotivamente.

15

CHARLIE

Devo scusarmi con Larkin per essere stato così duro, penso.

Faccio roteare pigramente una penna tra le dita, dondolando indietro sulla sedia della mia scrivania. La casa è silenziosa, Sarah sta ancora facendo un sonnellino. Sono seduto da tanto alla mia scrivania Ikea, cerco di concentrarmi, ma non ci riesco.

No, riesco a pensare solo a Larkin. Al suo sorriso, a volte timido e a volte radioso. Ai suoi capelli, il modo in cui li intreccia in modo così ordinato, il modo in cui li appoggia sulle spalle così bene. Al modo in cui i suoi occhi si erano spalancati quando le avevo sputato la mia rabbia in faccia prima di andarmene dalla radura.

Sospiro.

Devo scusarmi con lei per aver iniziato qualcosa che sapevo di non poter finire. Non importa quanto dannatamente volessi finirlo.

E almeno lo ammetto a me stesso: sì, l'ho desiderata da morire.

Le ho dato due giorni per far sbollire la sua rabbia, e

probabilmente non era la cosa giusta da fare. Se avessi fatto quello che volevo davvero, avrei buttato giù la sua porta e fatto l'amore con lei subito dopo.

Ma una parte di me sapeva che non era la scelta giusta. Una parte di me sapeva che sono un disastro emotivo, un uragano e un tornado alimentati dai miei casini e dalla mia oscurità.

Non posso farle questo. Non lo farò. Merita molto meglio di me, la protezione di un essere umano.

Ma la voglio ancora nella mia vita. So che è egoista da parte mia desiderarlo, sperare di essere perdonato ancora una volta. Ecco dove sono oggi.

"Papà?" sento dire piano.

Immagino che Sarah sia sveglia. Mi alzo e vado di sopra, trovandola in piedi nel suo box. Sembra ancora assonnata, i suoi capelli scuri sono tutti arruffati.

"Ehi, tu." La prendo in braccio. Mi rendo conto che sta diventando troppo grande per il box. Presto dovrò prenderle un letto più grande. La stringo per un secondo, un po' triste al pensiero che gli ultimi due anni siano passati in modo così confuso.

"Torta?" mi chiede, appoggiando la testa sulla mia spalla.

"Hai fame? Vuoi fare merenda?" le chiedo.

Sarah annuisce, super stanca. La porto di sotto, incerto su quello che abbiamo in frigo. Vado in cucina e la faccio sedere sul bancone, poi apro il frigorifero.

"Mmm, quasi una città fantasma", dico, esaminando tutti i ripiani bianchi e spogli. "Solo condimenti. Non vuoi senape e maionese, vero?"

Lancio un'occhiata a Sarah. Scuote la testa, estremamente seria.

"Va bene. Dobbiamo andare da Dot's Diner, quindi,"

dico. "Prima facciamo il pieno, poi andiamo a fare la spesa."

Dopo essermi vestito e aver vestito anche lei, mi dirigo fuori. Vedo la macchina di Larkin; immagino sia a casa. Scendendo i gradini anteriori, mi giro verso la sua porta d'ingresso.

Ora sarebbe il momento perfetto per scusarsi, perché Larkin non può mostrarsi troppo arrabbiata di fronte a Sarah. O meglio, potrebbe essere incazzata nera, ma non farebbe mai una sceneggiata davanti a Sarah.

Mi piacerebbe credere che sono meglio di così, che non avrei mai potuto usare mia figlia in quel modo... ma in fondo so di non esserlo. I miei piedi si stanno muovendo verso la sua porta prima ancora che abbia deciso.

Busso alla sua porta e tutti i suoi animali cominciano ad abbaiare. Si avvicina alla porta, cercando di tenerli buoni.

"Ragazzi," la sento lamentarsi da dentro.

Apre la porta e la sua espressione diventa dura. Sento che se Sarah non fosse qui me ne direbbe quattro.

"Laki", dice Sarah aprendo le braccia. Per un secondo rimango sbalordito. Sarah non ha mai scelto di essere presa in braccio da qualcun altro se ci sono io.

"Ehi, Sarah," dice Larkin, la sua espressione si addolcisce. Stringe la gamba di Sarah, facendo attenzione a non toccarmi.

Va bene. Me lo merito, e meriterei di peggio.

"Sono venuto per scusarmi", dico.

Larkin mi lancia un'occhiata fredda. "Per cosa, esattamente?"

"Per una serie di cose. Vuoi venire con noi al ristorante e farti offrire una cena in anticipo?" chiedo, sollevando Sarah tra le mie braccia. "Sento di doverti dare delle spiegazioni."

"Torta" dice Sarah. "Grande torta."

Larkin si morde il labbro guardando me, poi Sarah, poi di nuovo me.

"Per favore..." chiedo io.

"Peffavore", dice Sarah in modo del tutto spontaneo.

Esita per un altro secondo, poi si arrende. "Ok. Fammi prendere la giacca."

Chiude la porta e riemerge mezzo minuto dopo. "Va bene. Andiamo".

"In braccio?" chiede Sarah a Larkin, allungando di nuovo le braccia.

Questa volta, Larkin la prende da me. "Ecco fatto."

Iniziamo a camminare, anche se sto controllando il ritmo e scelgo di muovermi lentamente. Mi infilo le mani nelle tasche della felpa.

"Mi dispiace davvero per come mi sono comportato l'altro giorno", dico imbarazzato. "Voglio dire... Non avrei dovuto andarmene così. Dopo essere tornato a casa e essermi calmato un po', mi sono sentito in colpa per averti lasciata lì."

Le sue sopracciglia si inarcano. "Davvero?"

Abbasso la voce appena sopra un sussurro, attento alle persone attorno a noi che camminano in piazza. "Mi sono sentito in colpa per il fatto che continuo a farlo accadere. Il... Il fatto di provarci, intendo. Non avrei dovuto farlo. Avrei dovuto capire che non sono nelle condizioni mentali adatte per baciare qualcuno."

Vedo che si mordicchia il labbro inferiore. Si aggiusta Sarah sul fianco, quindi espira.

"Ti perdono, credo," dice scrollando le spalle. "Se avessi capito che..."

"No, no", la interrompo, scuotendo la testa. "Non sta a te conoscere o interpretare i miei umori."

Mi guarda con la coda dell'occhio. "Posso... posso chiederti una cosa?"

"Qualsiasi cosa", dico.

Larkin fa un respiro profondo. "Pensi... Pensi mai che forse un giorno... *sarai* pronto?"

Mi fermo, sorpreso. "Per l'intimità?"

Lei annuisce, le sue guance diventano rosa. Distoglie lo sguardo.

"Onestamente? Non lo so. Penso... *Pensavo* di essere pronto. Poi all'improvviso, mi son reso conto di non esserlo. Sono un disastro," dico, scuotendo la testa. Ricominciamo a camminare. "Se mi avessi incontrato in un momento migliore della mia vita, le cose sarebbero andate diversamente. Spero tu l'abbia capito."

Larkin sta fissando un punto in lontananza, il suo viso è rivolto verso l'altro lato. "Certo," mormora.

Cazzo. Se non riesco a guardarla in faccia, non so come valutare la sua reazione.

"Ehi" le dico, mettendole una mano sul braccio.

Lo ritrae repentinamente, guardandomi come se fosse un animale ferito. Ha le lacrime agli occhi. "*Non* toccarmi."

"Scusa," le dico, alzando le mani. "Volevo solo..."

"Cambiamo argomento!" mi grida, esasperata. "Sono stanca di avere il cuore infranto."

Cuore infranto? È un sentimento piuttosto pesante. Arrossisce di nuovo mentre cerco di elaborare una risposta.

Larkin accelera il passo, ora parla con Sarah. "Ehi, hai letto più il Piccolo Principe?"

Sarah scuote la testa. "No".

"Devi fartelo leggere da papà. Forse te lo leggerà prima di andare a dormire stanotte."

Sarah considera la mia proposta. "Sì".

Larkin ridacchia. "Non sembri molto entusiasta."

Ora ci stiamo avvicinando a Dot's Diner, siamo quasi davanti alla facciata verde menta. Vedo una donna alta e magra avvicinarsi, i suoi occhiali scuri nascondono buona parte del suo viso e i suoi capelli sono tutti raccolti in una sciarpa rossa. Ho uno strano senso di déjà-vu, ma non riesco a capire dove l'ho già vista. Comincio a sentire un sesto senso in me, lo stesso a cui mi affidavo tanto durante il mio periodo da militare.

È più forte di me: non riesco a vedere gli occhi della donna da questa distanza, ma avverto la sua ostilità. Allungo la mano e metto un braccio davanti a Larkin e Sarah in modo protettivo.

"Cosa..." inizia a dire Larkin.

"Come cazzo OSI!" grida la donna, strappandosi gli occhiali dal viso.

Merda. Senza occhiali, riconosco Helen. E sembra davvero incazzata, il che non mi fa invoglia affatto a togliere il braccio protettivo attorno alle ragazze.

"Helen..." dico, sperando di arrestare la sua furia. "Non ti avevo riconosciuto."

"Non dire *stronzate*," risponde lei. Guarda Larkin. "Dammi mia nipote, brutta *puttana*."

"No", dico subito, facendo un passo di fronte a Larkin. "E tieni a freno la lingua davanti a Sarah, Signora Henry."

Giuro, riesco a vedere che sta per esplodere. Helen lancia gli occhiali da sole per terra e tira fuori il telefono. Comincia a filmarci: me, Larkin e Sarah.

"Sono venuta per consolarvi entrambi, per il compleanno di mia figlia", grida sputacchiando qua e là. "E cosa trovo? Nessuno si ricorda di Britta. A nessuno *importa più* di lei. La mia bellissima Britta è stata dimenticata e ti trovo qui, a provarci con la sua sostituta."

Che giorno è? Mi domando. *È già il primo luglio?*

Allo stesso tempo, sono furioso. Furioso perché Helen crede che io non pensi a Britta, che io non sia in agonia durante ogni vacanza o data speciale che festeggiavamo. Furioso perché mi sta aggredendo di fronte alla mia vicina e alla mia bambina.

E doppiamente furioso perché Helen si sente in diritto di dirmi tutte quelle cose. Britta ed Helen non erano legate; può insultarmi quanto vuole, ma nulla cambierà questo fatto.

"Helen, metti giù il telefono", la avverto. "Larkin, perché tu e Sarah non andate a sedervi dentro?"

Larkin si gira all'istante e si dirige all'interno, il che fa infuriare Helen ancora di più. Si lancia su di Larkin. "Dammi mia nipote!"

Mi metto in mezzo tra loro, e per questo Helen si avventa contro di me a tutta velocità. Grugnisco all'impatto, ma lei rimbalza su di me e cade a terra. Larkin raddoppia la velocità del suo passo, precipitandosi rapidamente dentro il locale.

Stringo i pugni, cercando di mantenere la calma. Helen mi guarda, ribollendo di rabbia. "Non puoi farmi questo. Non puoi tenerla lontana da me."

"E tu non puoi venire qui ogni volta che ne hai voglia, imprecando e urlando", dico a denti stretti. "Quando ti comporterai come una vera nonna, allora vedremo se potrai vedere Sarah."

Helen si alza lentamente. "Te ne pentirai, Charlie."

Mi faccio sfuggire una grande risata. "Va bene, Helen. Come vuoi... Chiamami quando hai voglia di scusarti."

Dopo quelle parole, volto le spalle e mi dirigo verso la tavola calda. Lei si allontana velocemente, credo torni di nuovo alla sua macchina.

Mi siedo al tavolo, di fronte a Sarah e Larkin, sorridendo

cupamente. Ma i miei occhi non smettono di vagare fuori dalle grandi finestre di vetro, la mia fronte è corrugata.

Perché sebbene Helen sia pazza e straziata dal lutto, forse non ha tutti i torti.

Sto dimenticando Britta?

Tre mesi fa, avrei detto assolutamente di no. Lancio un'occhiata a Larkin che sta parlando con Sarah, in realtà porta principalmente avanti una conversazione da sola.

Mi acciglio. Oggi non ne sono più così sicuro.

16

CHARLIE

Sono al supermercato, al bancone della panetteria. Fisso indeciso l'ampia vetrina della panetteria. Ci sono torte di tutti i tipi, vassoi di biscotti e di cupcakes disposti in modo artistico. *Qual è il dessert ideale da portare a una cena domenicale?*

"Tu che dici?" chiedo a Sarah che è in piedi accanto a me. "Pensi che il nonno e Rosa preferiscano la torta alle more o quella al cioccolato?"

Inclina la testa verso di me, ma non risponde.

"Non sei per niente d'aiuto." Socchiudo gli occhi davanti al bancone.

Si avvicina un'impiegata, sistemandosi i capelli in un fazzoletto. "Posso esserle di aiuto?"

"Sì, grazie", dico, esaminando la vetrina. "Ti piace di più la foresta nera, o... Che cos'è questa?"

Indico una torta glassata di bianco splendidamente decorata, con fragole disposte in perfetti cerchi concentrici fino al centro.

"Questa è la nostra torta alla vaniglia con fragole. Ci sono tantissime fragole nella glassa ed è deliziosa," dice.

Fisso le due alternative, incapace di decidere.

"Laki!" Dice Sarah, correndo verso la parte anteriore del negozio di alimentari sulle sue piccole gambe cicciottelle.

Impreco sottovoce, inseguendola. La raggiungo dopo pochi passi e la prendo tra le mie braccia.

"Dove vai?" le chiedo io. Lei grida scontenta.

Larkin entra dalla porta del negozio di alimentari senza prestarci attenzione. Sarah deve averla vista fuori, in qualche modo. Deglutisco nel vederla. Larkin è mozzafiato in un vestito a portafoglio verde menta e un cardigan pesante color grigio chiaro.

"Laki!" Grida Sarah, attirando la sua attenzione.

Larkin guarda verso di noi e ci vede. Ci fa il suo solito sorriso ampio, i suoi occhi si increspano. Comincio a sentire il mio stomaco in subbuglio quando vedo la sua figura che si avvicina.

"Ehi!" dice, spingendo gli occhiali da sole tra i capelli biondi. "Che combinate?"

"Andiamo a casa di mio padre per il cenone della domenica. Mio padre e Rosa mi hanno chiesto di portare Sarah quattro o cinque volte. Credo me lo abbiano detto fino allo sfinimento."

"Oh, quindi è così che funziona con te? Buono a sapersi," mi dice Larkin facendo l'occhiolino.

"Ahahah" rispondo. "Molto simpatica."

"Provo ad esserlo."

Mi viene in mente che sto per andare a trovare la mia famiglia e una serie di estranei, un'attività che può essere migliorata solo con la presenza di Larkin.

"Ehi, sai... Stiamo andando proprio adesso. Puoi venire, se vuoi. Tenermi compagnia..."

Lei diventa rossa. "A casa di tuo padre?"

"Sì, ma ci saranno un sacco di persone che non ho mai visto prima d'ora," spiego. "Mi faresti un gran favore."

"Uhhh..." dice, guardando l'orologio. "Devo andare a letto presto, domattina devo alzarmi prestissimo... ma dato che sono solo quattro, non dovrebbe essere un problema, immagino."

Le sorrido. "Probabilmente non te ne pentirai. Probabilmente."

Larkin ride. "Molto rassicurante."

"Ci provo", rispondo. "Ora devo solo scegliere un dessert da portare. Cosa ne pensi, vaniglia e fragola o foresta nera?"

"Foresta nera", risponde prontamente. "Il cioccolato piace a tutti."

"Posso tenerti accanto a me per farti prendere tutte le decisioni al posto mio?" dico scherzando.

"Probabilmente", dice con un'alzata di spalle.

"Dai, vieni con noi al forno", dico con una risatina.

Prendiamo una torta, poi saltiamo in macchina e ci dirigiamo a casa di mio padre. Quando mi fermo lì fuori, sono sorpreso di notare che la casa è stata ridipinta. Non solo: anche la cassetta delle lettere cadente e il ferro battuto ammaccato sono stati sostituiti.

Scendiamo dalla macchina e sgancio Sarah dal suo seggiolino. Larkin prende la torta. Iniziamo tutti ad attraversare il cortile. Rosa esce, vestita dalla testa ai piedi di un giallo brillante. Il suo sorriso si estende da un orecchio all'altro.

"Sei venuto!" esclama. "Oh, e chi è la tua amica?"

Tengo Sarah con un braccio e poso la mano libera sulla schiena di Larkin. "Lei è Larkin, la nostra vicina. Larkin, lei è Rosa."

Larkin si fa avanti, tende la mano. "Salve."

"Ciao," dice Rosa con un sorriso. "E che dice la mia Sarah, eh?"

"Ciao" cinguetta Sarah, aprendo le braccia verso Rosa.

La lascio a Rosa che sembra felice come una pasqua. "Fantastico. Venite pure, ci sono altri sei ospiti, Jax e tuo padre."

Lancio un'occhiata a Larkin, che mi guarda facendomi un occhiolino.

"Dai," mi incoraggia.

Faccio un respiro profondo e seguo Rosa, tenendo la porta per Larkin. Quando entriamo, è un po' scioccante vedere così tante persone nella piccola casa di mio padre. Ci sono un paio di persone sedute sul divano, ma Rosa gli passa accanto e ci conduce nella sala yoga. Faccio un respiro, inspirando anche l'odore di cipolle cotte, aglio e carne.

In cucina ci sono una mezza dozzina di padelle e vassoi in alluminio. Guardo Rosa. "Ha un buon profumino."

Mi fa l'occhiolino.

"Charlie!" dice mio padre, voltandosi e sollevando una lattina. È circondato da poche persone, incluso mio fratello minore Jax. Stringo gli occhi per mettere a fuoco la lattina, ma mio padre scuote la testa. "È solo Coca Cola Zero."

"Ah," dico io.

Due donne magre sulla cinquantina si avvicinano a me, camminando sul posto. Sembrano esattamente uguali, dai loro capelli biondo cenere alle loro tute sportive.

"Ciao Charlie", mi dice una di loro, la sua voce è inaspettatamente bassa. "Sono Margaret, e questa è Mary."

"Tuo padre ci ha raccontato tutto di te", dice l'altra inclinando la testa. "Comunque, non fare caso a noi, ci stiamo preparando per la nostra prossima maratona di beneficenza."

"Piacere di conoscervi," dico a disagio. Fortunatamente,

Larkin è lì per smorzare l'imbarazzo.

"Io sono Larkin!" risponde lei. "Ditemi di più della maratona di beneficenza, sempre se vi va."

"Correremo dieci chilometri per aumentare la sensibilizzazione riguardo la degenerazione maculare", afferma Margaret.

"È un difetto della vista", aggiunge Mary.

Rosa mi dà due colpetti sulla spalla e mi conduce verso due vecchi signori ispanici. "Juan e Carlos, questo è Charlie. È il figlio di Dale."

Stringo le mani a Juan e Carlos, annuendo. Ci salutiamo a vicenda.

"Lavorano con tuo padre, nel negozio di ferramenta", spiega Rosa. "Carlos canta anche nel coro della nostra chiesa. Non è vero, Carlos?"

Carlos si limita ad annuire con la testa. Jax arriva vestito con Converse, jeans a vita bassa e una maglietta a strisce. "Hey fra'."

Ci abbracciamo timidamente. Quando si tira indietro, noto un grosso livido sul braccio. Mi acciglio, ma lo tengo per me. Più tardi, in privato, gli chiederò come se lo è fatto.

Rosa prende la torta dalle mani di Larkin, quindi richiama l'attenzione degli invitati. "Un attimo di attenzione! Ora che siamo tutti qui, preghiamo prima di mangiare."

Jax mi tende la mano, abbassando la testa rispettosamente. La prendo, offrendo la mia mano libera a Larkin. Lei si morde il labbro e guizza verso di me, afferrandomela.

"Dale, faresti gli onori?" dice Rosa.

Mio padre mette giù la sua Coca zero e prende le mani di Mary e Margaret. "Grazie, Rosa. Vorrei spendere un minuto per dire: grazie Signore, grazie per aver portato tutti qui stasera. Grazie soprattutto per aver portato qui Charlie, la piccola Sarah e la Signorina Larkin. E, per favore, Signore, dacci la tua benedizione questa settimana, durante la maratona di Mary e Margaret, e per il colloquio di lavoro di Jax. Per favore, dacci la tua benedizione e proteggici, nel nome del Padre, del Figlio e dello Spirito Santo. Amen."

"Amen", echeggiano tutti gli altri. Jax lascia cadere la mia mano, ma Larkin me la tiene ancora per un secondo, guardandomi e stringendola.

Sono grato, all'improvviso, della sua presenza.

Tutti si spostano verso la cucina, dove Rosa si affretta a scoprire piatti di pollo alla griglia e spiedini di manzo, e contorni di insalata, fagioli e insalata di pasta.

Mi avvicino e mi offro di prendere Sarah dalle braccia di Rosa, ma lei mi scaccia via. "Vai a mangiare. Lei qui sta benissimo, non è vero Sarah?"

Sarah sorride. Alzo le spalle e mi metto in coda, e Larkin si unisce a me. "Tieni, un piatto."

"Grazie", le dico. "E grazie per aver accettato di venire qui. Ti devo un grande favore."

"Non dire cavolate". Mi dà un colpetto con la spalla. "A che cosa servono gli amici?"

Amici. È questo quello che siamo? Beh, arrivati a questo punto siamo decisamente più che vicini di casa.

Ma non lo dico a voce alta. Piuttosto le sorrido e basta. Quando arriva il nostro turno, carico il mio piatto riempiendolo di tutto, tranne l'insalata di pasta. Non mi è mai piaciuta quella roba.

"Wow", dice Larkin, guardando il mio piatto. "Tieni un po' di spazio per il dessert, ok?"

"Non sarà un problema, fidati di me" dico con un sorriso.

Alza le sopracciglia, ma io ho ragione. Pulisco il mio piatto e mangio gli avanzi del suo petto di pollo.

"Ho appena realizzato che non ti ho mai visto mangiare prima", dice Larkin mentre stiamo in piedi e mangiamo. "È davvero impressionante. Anche un po' preoccupante."

"Ehm, ho corso otto chilometri prima. Ora sono pronto per il dessert."

"Penso che dovrai aspettare per quello", dice alzando leggermente gli occhi.

Tra il secondo e il dessert, vengo braccato da Mary e Margaret. Apparentemente hanno un pronipote che sta pensando di arruolarsi nell'esercito e vogliono l'opinione di un veterano sulla questione.

Noto che Larkin viene presa da parte da Rosa per parlare. Non ho idea di cosa stiano dicendo, ma Larkin continua a arrossire e a guardare verso il basso.

"Che ne dici di un po' di quella torta?" dice mio padre, chiamando Rosa.

"Sì, sì", dice, dando una pacca sul braccio a Larkin. "Ora la taglio."

Gli uomini fanno la fila per una grande fetta, mentre la maggior parte delle donne passano i vari piatti. Rosa mi taglia una fetta perfetta e io ci affondo subito il cucchiaino. Ci sono pezzi di cioccolato, un pan di spagna riccamente farcito e una deliziosa glassa.

"È buona?" mi chiede mio padre, scivolando accanto a me.

La mia bocca è piena zeppa di torta, quindi annuisco. "Hmmhmm."

"Allora, cosa c'è tra te e la bella signorina bionda?" mi dice, facendo un cenno a Larkin.

Tossisco, quasi soffocando con la torta in bocca. Mio padre allunga una mano e mi dà dei colpetti sulla schiena. In quel momento, è l'uomo che ricordo dall'infanzia. Mi schiarisco la gola più volte.

"Siamo... Amici" riesco a dire finalmente.

Annuisce. "Ti sei trovato davvero un'amica carina. La maggior parte delle amiche non verrebbe a una cena di famiglia come ha fatto lei. Dovresti ringraziarla."

"L'ho fatto", dico con un'espressione accigliata.

"Mmm," dice, guardandomi con scetticismo. "Rosa vuole che Sarah rimanga stasera. A te andrebbe bene?"

Annuisco lentamente, il mio sguardo vaga verso Larkin. "Sì, per me va bene."

"Ci avrei scommesso", dice mio padre, dandomi una pacca sulla spalla. "Lo dirò a Rosa."

Presto mi dirigo verso Larkin. "Sei pronta ad andare?"

"Sì!" risponde lei. Senza abbandonare la sua allegra affettazione, si sporge a sussurrarmi: "Non ce la faccio più ad ascoltare altri dettagli sulla degenerazione maculare".

Sorrido. "Ok. Fammi salutare mio padre e Rosa e poi leviamo le tende."

Dopo aver preso dall'auto una borsa per pannolini completa di due cambi e dopo averla lasciata a loro, saluto tutti. Larkin e io usciamo nell'oscurità della sera. Il sole ha decisamente iniziato a tramontare.

Vedo Larkin in preda ai brividi mentre scivoliamo nella mia macchina. "Accendo subito il riscaldamento", prometto.

Alcune gocce di pioggia colpiscono il mio parabrezza, un segnale del brutto tempo che sta per arrivare. Accendo la macchina e mi tolgo la felpa.

"Tieni, mettila tu", dico, passandola a lei.

Arrossisce e la mette, infilando le mani nelle aperture delle maniche. Sembra adorabilmente piccolina nella mia giacca. "Grazie. E a parte i discorsi sulla degenerazione maculare, la cena è stata molto piacevole."

Sorrido. "Sei decisamente troppo carina."

Esco dal cortile dirigendomi verso casa. Mentre guidiamo, il tempo peggiora sempre di più.

"È passato un po' di tempo dall'ultimo temporale qui", dice Larkin, guardando fuori dalla finestra.

"Beh, credo arriverà ora con tutto l'arretrato. Non sarei sorpreso se ci fossero delle alluvioni improvvise."

"Forse in alcune delle zone più pianeggianti fuori città. Ma per noi, niente di cui preoccuparci."

Adesso Larkin sta tremando visibilmente, nonostante l'aria calda sia accesa.

"Va tutto bene?" le chiedo, guardandola.

"Assolutamente sì." Il suo tono allegro è smentito dal fatto che si restringe all'interno della mia felpa, cercando di scaldarsi.

Parcheggio l'auto fuori dai nostri appartamenti e spengo il motore.

"Dovrò correre per rientrare", dice, guardando tristemente la casa. Comincia a togliersi la felpa, ma io scuoto la testa. "Nono, tienila fino a dentro."

"Va bene", concorda con me. Esita, forse rendendosi conto che quando aprirà la portiera, lei dovrà correre verso casa sua e io verso la mia. "Vuoi, uhm... Vuoi qualcosa da bere?"

Faccio un respiro. In qualche modo, so che mi sta chiedendo più di un drink. Eppure non riesco a dire di no.

"Sì", dico con un cenno del capo. "Sei pronta?"

Si morde il labbro, guardandomi negli occhi. Un brivido mi scorre lungo la schiena.

"Sì", dice piano.

"Va bene. Al mio tre?" suggerisco io. Lei annuisce. "Uno, due, tre..."

Esco sotto la pioggia ghiacciata, sbattendo la portiera della mia macchina e correndo verso il porticato di Larkin.

17

LARKIN

Corro attraverso la pioggia battente e pungente, aggrappandomi disperatamente alla felpa di Charlie. All'inizio mi ha protetto, ma sta rapidamente diventando fradicia e pesante.

Charlie arriva per primo nella mia veranda, i suoi passi pesanti sono udibili. Lo seguo, il mio cuore batte troppo velocemente. Spingo via dalla testa il cappuccio della felpa di Charlie e tiro fuori le chiavi.

"È ridicolo" borbotta Charlie. "Qualcosa di praticamente biblico."

Cerco di non guardarlo troppo a lungo. Con la camicia fradicia e i capelli bagnati sembra un dio del sesso. Apro la porta, anche se sto tremando. In parte è per il fatto che sto congelando... ma in parte è per i nervi tesi, ne sono sicura.

Dopotutto Charlie è qui. Ed è bagnato. E mi sta guardando con un'espressione molto intensa...

Apro la porta e tutti i cani si precipitano verso di noi. Li lascio correre e annusare le mani di Charlie, in cerca di dolcetti e carezze.

"Dai entra," dico mettendo la testa dentro l'appartamento. "Ho degli asciugamani e delle coperte."

"Sei sempre così altruista?" mi chiede lui, riportando i cani dentro.

Mi precipito nel retro della casa, tremo ancora.

"Che intendi dire?" dico, dirigendomi verso l'armadio al piano di sotto. "Aspetta un secondo qui in salotto, gli asciugamani sono proprio qui..."

Apro l'armadio e tiro giù una pila di asciugamani grandi, poi corro di nuovo in soggiorno. Charlie è lì, fradicio e gocciolante sul pavimento del soggiorno. Mi avvicino a lui, rallentando quando mi ritrovo a un passo da lui. Mi fissa con il suo sguardo verde, pensieroso, sexy e semplicemente... *ah*.

Lo voglio, penso. Lo voglio disperatamente.

Non so bene come, metto il piede male, inciampo e faccio cadere metà degli asciugamani, volando verso di lui. Allunga la mano per impedirmi di cadere, afferrandomi per le spalle.

"Ooh!" dico, il mio respiro esce in un sibilo.

"Piano", dice tenendomi fra le sue braccia. Rabbrividisco di nuovo mentre mi alzo, e lui mi guarda con un'espressione molto seria. "Dovremmo tirarti fuori da questi vestiti bagnati."

Faccio cadere la mia testa all'indietro, guardandolo. Mi fissa, alzando una mano per spingere indietro un paio di capelli che coprono la mia fronte.

Non oso respirare. Non oso parlare. Sono congelata sotto il suo bellissimo sguardo verde, aspettando una sua mossa.

Charlie mi stringe la guancia, facendo scorrere il pollice lungo il contorno delle mie labbra. Si morde il labbro inferiore; per la prima volta da quando l'ho incontrato, so senza dubbio cosa sta pensando.

Mi desidera.

Improvvisamente mi alzo in punta di piedi, portando le mie labbra a un millimetro dalle sue. Lo fisso negli occhi, facendogli con lo sguardo una domanda muta. Ne vale la pena?

Lo guardo quasi supplicando. I suoi occhi fissano le mie labbra. Sento il suo respiro contro la mia bocca, il suo respiro caldo che si espande sulla mia pelle.

Quindi chiude la distanza che ci separa, chiudendo i suoi occhi espressivi. La sua bocca si preme contro la mia, calda e morbida. Mi bacia senza lasciare traccia dell'esitazione che starà sicuramente provando. No, il suo bacio è forte, dominante e pieno di passione risvegliata.

Mi fa scivolare una mano attorno al fianco, spingendomi a sé, facendomi fare quell'ultimo passo verso di lui, il mio corpo morbido colpisce la sua durezza. Le mie mani si avvicinano al suo petto, afferrandogli la camicia.

La sua mano libera inizia ad aprire la felpa, sbottona anche il mio cardigan. Rabbrividisco per i nervi e per il freddo, e lui lo sente.

Senza dire una parola mi solleva da terra, portandomi su per le scale fino alla mia camera da letto. Gli avvolgo le braccia attorno al collo, sentendomi così piccola e delicata nella sua presa.

Va automaticamente nella camera da letto principale, che è appunto la mia. All'interno la stanza è molto femminile. Il letto è realizzato in legno di cedro, ci sono quattro quadri circondati da tende di pizzo bianco e una coperta color avorio.

Ma lui ignora il letto, dirigendosi verso il bagno privato. Con solo la sua vasca con i piedini, non vedo cosa voglia fare in bagno, ma mi porta comunque nella vasca.

Charlie mi mette giù, aprendo i rubinetti. Quindi

procede a spogliarmi, tirando le cordicine del mio vestito a portafoglio. Mi tolgo le scarpe e lo aiuto con il mio vestito che presto cade a terra, e rimango lì in preda ai brividi, nel mio reggiseno e mutandine di pizzo bianche abbinate.

Il vapore inizia a riempire la stanza, il suo calore è noi gradito. Charlie si inginocchia per togliersi la Converse, poi mi guarda.

"L'ho immaginato cento volte", ammette, la sua voce densa di emozione. "Ho pensato a mille scenari diversi, posizioni diverse. Ho immaginato quelle che potrebbero darti il massimo del piacere."

Rabbrividisco di nuovo, ma questa volta non per il freddo. Mi mordo il labbro, temendo che se parlo, spezzerò l'incantesimo.

"Sai cosa voglio più di ogni altra cosa in questo momento?" dice allungando una mano e accarezzandomi l'anca.

"Che cosa?" dico, la mia voce a malapena più di un sussurro.

"Togliti reggiseno e mutandine e siediti sul bordo della vasca per me."

Divento un rosa acceso, ma so che devo farlo. Mi tolgo lentamente il reggiseno, mostrandogli il seno, i miei capezzoli rosa si eccitano nell'aria piena di vapore. Lo vedo prendere un respiro profondo e poi mordersi il labbro. È così sexy quando lo fa, penso sia illegale.

Sono consapevole del mio cuore martellante mentre mi sfilo le mutandine, restando completamente nuda. Vulnerabile.

"Siediti", ordina, i suoi occhi vagano sulla mia pelle nuda. È ancora in ginocchio, ma il suo ordine non lascia dubbi su chi sia al comando qui.

Faccio un passo indietro e mi siedo sulla sporgenza, sopraffatta dal dubbio. Eccomi, completamente nuda, mentre lui è ancora completamente vestito. E se non fossi all'altezza della sua fantasia?

Charlie si sposta in avanti, allungando una mano per tirare la mia bocca verso la sua. Seppellisco le dita tra i suoi corti capelli scuri mentre invade la mia bocca, le nostre lingue danzano insieme.

Sento le sue mani sulle mie ginocchia, sento che le spalanca. All'inizio faccio un po' di resistenza, finché non si ferma per un secondo e mormora: "Rilassati, Larkin". Gli lascio aprire le mie gambe, scoprendo la mia figa.

Mi aspetto che vada dritto al punto, ma non lo fa. Piuttosto si avvicina, baciando la mia mascella, il mio collo, la mia spalla. Faccio scorrere le mani lungo le sue spalle forti, sentendo i muscoli della parte superiore della schiena che si contraggono.

Bacia il mio seno destro, stringendo a coppa la mia carne nuda e chiudendo le labbra sul mio capezzolo. Getto indietro la testa e gemo mentre succhia e lecca, usando i denti per stimolare la punta del mio capezzolo che si indurisce.

"Cazzo," sussulto, cominciando a contorcermi contro di lui. Sento che la mia figa si bagna e sono abbastanza sfacciata da premere il mio pube contro il suo petto.

Libera il mio seno dalla sua bocca con un forte schiocco, baciandomi e scendendo fino al mio monte di venere. Sento confusamente una vocina nella mia testa, mi dice che Charlie è davvero qui, nel mio bagno, e sta per leccarmi la figa. Ma tutto questo è vero?

Cerco di ignorare quella voce mentre Charlie fa scorrere la punta della lingua su e giù per la mia fessura, prendendomi in giro. "Charlie..." imploro. "Ti prego."

Mi bacia invece la coscia. "Ti prego... Cosa?"

"Solo... Per favore", dico, spingendomi in avanti di un

paio di centimetri. "Ho già aspettato due mesi. Non farmi aspettare ancora."

Mi ascolta passivamente, baciando ancora un po' la parte interna della mia coscia. Quando si ritira, non riesco a resistere.

"Charlie!" Piagnucolo.

Ma mi sorprende di nuovo tirandomi per mano verso la camera da letto. "Abbiamo bisogno di più spazio", dice in tono tranquillo.

Mi dirigo verso il letto e mi lascia andare. Mi siedo di nuovo.

Comincia a spogliarsi. Prima la sua camicia scura e fradicia, mettendo in mostra i suoi pettorali, i bicipiti e gli addominali in uno spettacolo sorprendente. Poi i suoi jeans neri, le gambe lunghe ma forti, ognuna quasi delle dimensioni del mio corpo. Presto rimane solo coi boxer umidi e neri...

Forse sto per sbavare. Charlie si avvicina a me, sinuoso e potente come un gatto selvatico. Provo a spingermi più dietro sul letto, ma mi afferra per la caviglia.

"Resta qui", mi ordina.

I miei occhi si spalancano; può darmi ordini in qualsiasi momento, lo giuro. Si arrampica sul letto e si stende accanto a me, i suoi occhi bruciano come due tizzoni ardenti. Rotolo su un fianco, usando il ginocchio per cercare di nascondere un po' la mia nudità, ma lui non me lo lascia fare.

"Ah ah," dice, spingendomi indietro il ginocchio. "Non c'è motivo di nascondermi nulla. Sei stupenda, ogni centimetro di te lo è."

Arrossisco, annuendo leggermente. Mi fa scivolare la mano dalla clavicola al petto e giù fino al mio fianco, dandogli una palpata.

"Sei così dannatamente bella, Larkin", mi dice cercando

i miei occhi. "Mi fai impazzire, quasi ogni giorno, essendo semplicemente te stessa. È difficile per me resisterti."

Non rispondo subito. Non saprei nemmeno *come* cominciare a rispondere a quel tipo di complimento. Alla fine riesco a dire: "Anch'io sento lo stesso per te."

Charlie però non sta ascoltando. Si sta mettendo in ginocchio, si china per baciarmi la clavicola, poi la parte superiore del mio seno. Bacia il mio capezzolo, quindi lo succhia con la bocca. È così calda e bagnata, e i miei fianchi si sollevano spontaneamente.

La mia bocca si apre, ne esce un grido miagolante. Bagna il capezzolo con la lingua, quindi lo rilascia. Faccio un verso deluso, ma Charlie ha altre preoccupazioni. Mi bacia fino all'ombelico, allargando le ginocchia per farsi spazio.

Mi spinge indietro sul letto, il più lontano possibile, poi trova un posto comodo tra le mie gambe. Solleva un mio ginocchio, tracciando dei baci lungo la parte interna della coscia.

Mi agito un po', anche se so che quello che sta per arrivare sarà incredibilmente eccitante.

Eppure mi sento a disagio nella mia stessa pelle, ho ancora paura di non essere all'altezza della sua fantasia.

Usa due dita per trovare la mia fessura, accarezzandola pigramente su e giù, su e giù. Le sue dita assorbono un po' dei miei succhi; si ferma e fa schioccare le dita in bocca, emettendo un suono soddisfatto con naturalezza.

Arrossisco e divento un po' tesa, le mie ginocchia si riavvicinano un po'. Ma poi apre le mie labbra inferiori con quelle due stesse dita e si avvicina, baciando il mio clitoride.

"Oddio!" gemo in preda al panico. È così bello, così bagnato e così caldo, non so se posso sopportare ancora a lungo questo suo stuzzicarmi. Quando bacia di nuovo il mio clitoride, stavolta roteando la lingua e facendo rumorosi versi di risucchio, seppellisco le mie dita tra i suoi capelli.

Disegna un otto con la sua lingua diabolica per un minuto, mentre io gemo e cerco di non inclinare i fianchi contro il suo viso. Quando però chiude le labbra attorno al mio clitoride e succhia, non riesco più a controllarmi.

"Oddio, oddio", ripeto ancora e ancora. "Io... Ci sono quasi, Charlie."

Si sposta un po', stuzzicando l'ingresso della mia profondità con un solo dito. Rabbrividisco di eccitazione e impazzisco contro la sua bocca quando introduce lo spessore di un secondo dito.

E con il terzo, penso che potrei traboccare. Mi succhia il clitoride e muove delicatamente le dita dentro e fuori dalla mia figa, ed il tutto è troppo da sopportare.

Emetto un suono gutturale, ci sono quasi...

Lui però rallenta e ritira le dita. Apro gli occhi, fissandolo.

"Che stai facendo?" chiedo incerta.

"Riesci a venire con la penetrazione?" chiede, leccandosi pigramente le dita.

"Sì," rispondo.

"Bene. Allora penso che dovremmo venire insieme", dice, alzandosi in piedi. "Volevo solo farti arrivare al limite, perché... è passato un bel po' di tempo per me. E perché ho sognato a lungo di mangiare quella figa."

Arrossisco a quelle parole, anche se ha appena finito di fare proprio quella cosa. Mi mordo il labbro e gli faccio un cenno. Indietreggia dal letto, togliendosi gli slip, mettendosi a nudo. Il suo cazzo si protende orgogliosamente, lungo, spesso e parecchio bello.

Ha un tatuaggio sul fianco, ma non ho molto tempo per esaminarlo. Si interrompe.

"Sei... Dobbiamo usare il preservativo?" chiede.

Scuoto la testa. "Ho la spirale e sono pulita."

"Anch'io lo sono", dice, strisciando sopra il mio corpo, fino a quando i nostri fianchi si uniscono. È pesante, quasi troppo pesante per me, ma la sua figura ben scolpita compensa bene. Si tiene in equilibrio sui gomiti, togliendo così un po' di peso.

Le mie labbra trovano le sue e la mia mano trova il suo cazzo, accarezzandolo delicatamente. Rompe il bacio con un gemito grave e bisognoso. Quel suono rompe tutti i piani che avevo in mente.

Posiziono il suo cazzo all'ingresso, muovendo un po' i fianchi per incoraggiarlo. Tuttavia, lui non si spinge subito dentro. Si prende un secondo per guardarmi, spostando via alcuni dei capelli ancora umidi che mi coprono viso.

"Sei bellissima", mi dice. La solennità nel suo sguardo è lampante.

"Anche tu sei bellissimo", gli rispondo.

Mi bacia di nuovo, le sue labbra sono calde e meravigliose. Quindi entra lentamente, centimetro dopo centimetro.

"Ahhhh," gemo, sentendo un'improvvisa tensione dentro di me, in profondità, mentre il mio corpo si adatta alle sue dimensioni.

Sembra preoccupato. "Stai bene? Dovrei smettere?"

Scuoto la testa. "No. Vai più veloce."

Charlie si ritira, poi spinge, si ritira, e poi spinge di nuovo. Un po' più in profondità, un po' più veloce ogni volta. Stabilisce un ritmo, inizialmente lento. Gli vado incontro spitna dopo spinta, sentendo il mio corpo riscaldarsi, ricordando il piacere che ho sentito pochi minuti fa.

Lo avvolgo con le gambe mentre aumenta il ritmo. Si crea una specie di frizione scivolosa fra noi; è fantastico, come se ci fosse qualcosa di profondo dentro di me che è in fiamme, e solo lui può spegnerlo.

Ad ogni spinta mi avvicino di più all'estasi. Sento una molla che si tende sempre più. Ho solo bisogno di qualcosa un po'... di più... per raggiungere il culmine.

"Charlie" dico senza fiato. "Ho bisogno che mi scopi *più forte*. Non trattenerti."

Sorride per un secondo, poi mi dà esattamente quello che voglio. Si china su di me, mi scopa come un martello pneumatico, il sudore inizia a gocciolargli dal viso e dal petto. Tutto quello che posso fare è tenere duro, quella molla dentro di me si tende sempre di più, secondo dopo secondo.

"Cazzo," sussurra, con un tono comunque riverente. La sua voce è quasi persa nell'unione dei nostri corpi.

"Sì", lo esorto, i miei fianchi si scontrano continuamente con i suoi. "Sì! Non fermarti. Non osare..."

Mi riempie talmente tanto, sono così tesa e stretta che quando comincio a venire, mi aggrappo alla schiena di Charlie con le unghie, lasciandogli addosso una serie di segni. Poi è come se vedessi dei fuochi d'artificio, tutto nel mio mondo si offusca tranne alcuni chiari schizzi di colore.

È come se cadessi da una scogliera che non ho visto arrivare e precipitassi nell'abisso del mio piacere. Un secondo dopo il mio orgasmo, sento che Charlie comincia a venire. Sento il suo gemito intenso, il battito caldo del suo seme nel profondo del mio corpo. Lo sento rallentare e poi fermarsi.

Appoggia la fronte contro il cuscino alla mia sinistra, respirando a bocca aperta per un lungo secondo. Il mio cuore impazzito comincia a rallentare.

Charlie allora mi bacia, a lungo e intensamente. Ha il sapore del suo sudore, ma non mi dispiace affatto. Sospiro nel nostro bacio, alzando le mani per coprirgli il viso.

Quando alla fine si allontana dal mio corpo e va in bagno per pulirsi, rimango immobile. Apprezza questo momento, mi dico. Hai avuto quello che volevi da così tanto tempo. Chissà quando accadrà di nuovo?

Esce dal bagno con un asciugamano. Sollevo un sopracciglio, ma lui inizia a pulirmi facendo scivolare delicatamente la stoffa sulla mia pelle. Scompare di nuovo, poi torna e affonda sul letto accanto a me.

Sono sinceramente sciocccata. Mi aspettavo che si rivestisse, che dicesse che era un errore e che se ne andasse.

Invece mi avvolge un braccio attorno, mi avvicina a sé e mi bacia sulla spalla. "Mi dispiace che sia stato così breve. La prossima volta non avrò il grilletto così facile."

"La prossima volta?" Chiedo girando la testa verso di lui. *E poi, non è stato così breve. Credo semplicemente che abbia degli standard altissimi.*

... Ma mi sta bene.

"Già. Dammi... Non so, venti minuti per riprendermi? Certo, sempre se sei pronta. Posso sempre mangiare di nuovo la tua figa..."

Devo soffocare il mio sguardo di assoluta sorpresa. Interpreta il mio sguardo inespressivo come interesse. "Mettiti sulla pancia. Voglio divorarti da dietro questa volta."

"Io..." inizio a dire, poi chiudo la bocca. Chi sono io per dirgli che non mi sarei mai aspettata queste cose da lui?

Mi giro e Charlie inizia ad alzarsi, schiaffeggiandomi il culo con dei colpi *sonori*.

Oh signore, in cosa mi sono imbattuta?

Ma presto le sue dita intelligenti trovano il mio clitoride, e tutti i pensieri di protesta svaniscono dalla mia mente.

18

CHARLIE

Alla fine rotolo via dal corpo sudato di Larkin, atterrando con un tonfo sul letto. Il mio cuore batte forte, faccio fatica a riprendere fiato e il sudore gocciola dal mio corpo. Il sole sta sorgendo ora, i suoi raggi atterrano sulle prove della notte che abbiamo passato assieme.

Vestiti sparsi sul pavimento, bicchieri da vino semivuoti, la coperta completamente a terra.

Guardo Larkin, fa una risata gutturale.

"Non provare nemmeno a guardarmi!" dice, gettandosi il braccio sugli occhi. "Fare sesso quattro volte è tanto. Sono letteralmente a corto di resistenza."

Sorrido. "Ma senza quella quarta volta, non avremmo mai saputo che puoi squirtare."

"Oddio, smettila", dice, imbarazzata. "Sai, quando ti ho incontrato per la prima volta, ho pensato che il tuo silenzio fosse come un enigma. Bene, ora so che era una benedizione."

Ridacchio, allungando una mano per farla correre lungo la curva del suo fianco. "Quindi adesso sono troppo loquace?"

Sbircia da sotto il braccio e sospira. "No. A meno che tu non stia parlando delle... Mie emissioni corporee. A quel punto penso di avere il diritto di dire qualcosa."

Mi giro sul fianco di fronte a lei e anche lei si mette su un fianco, indietreggiando tra le mie braccia finché non si rannicchia contro di me a cucchiaio. Le aggiusto un po' i capelli, allontanandoli dal mio naso. Mi piace il modo in cui la luce del sole si infrange sui suoi capelli facendoli sembrare oro filato.

Mi piacciono molte cose di Larkin, a dire la verità.

Le metto un braccio attorno e inizio a sistemarmi. Ormai sono ore che siamo svegli, quindi è bello e piuttosto naturale fare un piccolo sonnellino.

Quando mi addormento, però, sogno Britta.

Sogno che siamo in vacanza, da qualche parte in una meta tropicale. Soggiorniamo in una piccola capanna di legno, su una spiaggia di sabbia bianca. Mi alzo dal letto, spingendo da parte la zanzariera, e vedo che è giorno. Britta dorme su un fianco, la vedo di spalle, i suoi capelli scuri si aprono a ventaglio sul cuscino.

Esco dalla capanna, indossando solo i miei boxer, e fisso le onde azzurre del mare. Mi copro gli occhi contro la luminosità della luce del sole, cercando di assorbire quel paesaggio di fronte a me.

Sento l'odore del sale nell'aria, sento la brezza calda sulla mia pelle. Giuro che il suono delle onde è una sorta di messaggio, ma non riesco a decifrarlo. Avverto come una specie di solletico nella parte posteriore della mia mente, qualcosa che dovrei ricordare.

Ma non so bene cosa. Non qui, non in questo paradiso. Ripenso alla nostra capanna. Britta dovrebbe essere con me, a testimoniare tutto questo. Ciò lo renderebbe davvero memorabile, sarebbe qualcosa che entrambi potremo raccontare quando saremo vecchi e avremo i capelli grigi.

Torno nella capanna, camminando verso il letto. Allungo una mano verso Britta, ma mi fermo, con la punta delle dita che vacillano.

Non è strano che non si sia mossa affatto da quando ero fuori? Penso che sto solo andando in paranoia, ma quando le tocco il braccio è fredda come il ghiaccio.

"Britta," dico, tirandola a di me. "Svegliati..."

Britta si volta verso di me, i suoi occhi blu spalancati, il suo viso pallido. Sembra... Sembra... Morta.

"Britta!" Dico, afferrandola per le spalle. Grido la prima cosa che mi viene in mente: "Non puoi essere morta! Che ne sarà di Sarah?"

"Charlie," mi sussurrano le onde. "Charlie, svegliati..."

E poi apro gli occhi. Sono disorientato per un minuto, cerco di ricordare dove sono. Larkin si libra sopra di me, la sua fronte corrugata. È nuda e la sua mano è sul mio petto.

"Tutto bene?" chiede dolcemente.

Improvvisamente sento come della bile nella parte posteriore della gola, quell'accumulo di saliva che indica che potrei avere un attacco.

Non di nuovo.

Mi precipito fuori dal letto, corro in bagno. Apro la tavoletta del gabinetto e lo guardo per alcuni secondi. Non vomito, ma appoggio la testa e il busto sul lavandino per un minuto abbondante.

Alla fine apro il rubinetto e mi sciacquo faccia e bocca. Mi guardo allo specchio sopra il lavandino; uno sconosciuto ricambia il mio sguardo, ha delle occhiaie scure sotto i suoi inquietanti occhi verdi, e capelli scuri in disordine.

"Cazzo" mormoro.

Esco dal bagno e torno un po' confuso nella camera da

letto di Larkin. A parte il letto a baldacchino e le tende da teenager, potrebbe tranquillamente essere la mia stanza.

Ma c'è Larkin, in una maglietta bianca oversize, con un'espressione che sembra serissima. Torno a letto, incerto su come gestirla. Prendo i miei boxer e li rimetto addosso, poi mi siedo sul letto.

Non dice nulla, mi fa semplicemente scivolare le braccia attorno al busto e mi abbraccia. Non mi ero nemmeno reso conto di aver bisogno di quell'abbraccio, quel tipo di rassicurazione incondizionata, fino a quando i miei occhi iniziano a gocciolare.

"Cazzo", ripeto, la mia voce piena di emozione. "È solo che... Cazzo!"

Larkin non risponde, mi stringe un po' più forte. Abbasso la testa per un secondo, voglio sopraffare le mie lacrime. Ho già pianto un mare di lacrime per Britta.

E per di più sono a letto con un'altra donna, una donna che si è dimostrata ripetutamente fedele e dolce nei miei confronti.

Quando smetterò di essere afflitto per la morte di Britta? Quand'è che ne avrò abbastanza?

Quand'è che sarò di nuovo un essere umano normale?

Queste domande non fanno che affliggermi di più. Quando Larkin inizia ad accarezzarmi la schiena in circoli rilassanti, sono costretto a fare respiri profondi e ad impegnarmi per non crollare e piangere di fronte a lei.

Alla fine riesco a calmarmi. Larkin mi sta ancora massaggiando la schiena e mi giro verso di lei. Le prendo i polsi e la guardo negli occhi.

"Grazie", dico.

"Non c'è bisogno che tu lo dica", mi risponde, scuotendo la testa.

"Io però sento questo bisogno." Allungo una mano e le

stringo la guancia, sporgendomi verso di lei. Le nostre bocche si incontrano, le sue labbra morbide e calde contro le mie, ferme e bisognose.

Quando le stacchiamo, lei appoggia la sua fronte contro la mia guardando in basso.

"Stavi chiamando il suo nome nel sonno", dice con la voce rotta.

Merda. Avevo paura accadesse.

"Ho sognato di trovarla morta", rispondo. L'onestà potrebbe non essere la cosa migliore in questo momento, ma è tutto ciò che ho.

Larkin si tira indietro, guardandomi. "Ma non l'hai trovata morta sul serio, vero?"

Scuoto la testa. "No. Non riuscivo nemmeno a..." Mi fermo e faccio un respiro. "Sua madre ha dovuto identificare il suo corpo all'obitorio."

Lei annuisce, guardandosi le mani in grembo.

"È un... è stato un errore?" chiede, con la voce rotta sull'ultima parola.

L'ultima cosa che voglio è ferire Larkin. È la bontà in persona. È la luce del sole, e io sono la luna oscura e meditabonda.

"No", dico, sollevando la sua testa con due dita. Ci sono lacrime nei suoi occhi, lacrime che spezzano di nuovo il mio fottuto cuore. "Per favore non pensare questo."

Una sola lacrima cade rigandole il viso. Quando parla, la sua voce è rauca, piena di lacrime.

"Cosa vuoi da me?" chiede, annodandosi le mani in grembo. Mi guarda con quegli occhi color caramello, cercando il mio viso.

Voglio prometterle delle cose. Voglio dire che se riuscirà ad essere paziente, sarò in grado di trovare la mia strada. Voglio baciarla e dirle che va tutto bene, che sto bene.

Ma non voglio darle false speranze. E se fossi irreversibilmente ferito? Se mi svegliassi ogni volta che dorme accanto a me con il nome di mia moglie sulle labbra?

E se fossi così lontano dall'essere 'tutto a posto' da non sapere nemmeno da dove cominciare per risollevarmi?

Quindi mi attengo alla verità. È davvero tutto ciò che ho da offrirle adesso. Faccio un respiro profondo.

"Ho paura", ammetto. "Di così tante cose. A volte mi sembra di aver paura di tutto. È solo che... Sento di aver già avuto un grande amore nella mia vita. Ho amato Britta così tanto, e poi mi è stata tolta. Questo mi fa pensare che non devo... Che non devo riprovarci. Mi sembra egoista anche solo pensare di uscire di nuovo con una donna."

La guardo negli occhi e mi schiarisco la gola, che è tornata densa di emozioni. "Ogni volta che flirto con te, ogni bacio che abbiamo condiviso... Mi fa paura. Perché ho già amato una volta senza riserve, e la cosa mi ha lasciato a pezzi. E tu... Tu non sei il tipo di ragazza a cui si possa chiedere di aspettare. Ho persino paura di chiedertelo, perché non sono nemmeno sicuro che il tempo e la pazienza potranno... Potranno *ricucire* le mie ferite."

Larkin allora mi sorprende, abbracciandomi, gettandomi le braccia attorno al collo. Adesso piange, lo sento, sento le sue lacrime che cadono sulle mie spalle. Piango anche io, piango lacrime salate che mi scorrono lungo il viso.

"Va tutto bene," mormora piangendo. "Andrà tutto bene."

Mi tiro indietro e mi asciugo le lacrime con il dorso della mano.

"Come puoi dirlo? Come possiamo saperlo?" Dico, un po' di rabbia filtra nelle mie parole.

Mi prende la mano, allacciando le sue dita delicate nelle

mie più grandi. Sorride con fare un po' timido. Scuote le spalle. "Lo so e basta. E se vuoi che ti aspetti, lo farò."

"Ma io non voglio che qualcuno *debba* aspettarmi," dico scuotendo la testa.

"Eppure lo farò." Si asciuga le lacrime, espirando.

"Pensi davvero di poterlo accettare?" Le chiedo, allungando una mano per spostare una ciocca di capelli dal suo viso.

"Per ora? Ti accetterò facendo del mio meglio," dice.

La bacio di nuovo, grato. Mi sta dando del tempo. E non voglio spazio. Sembra che non riesca ad averne abbastanza di lei.

Ma c'è sicuramente una nuvola scura che incombe ancora su di me, anche quando andiamo a letto insieme.

Una nuvola che aspetta. Aspetta di vedermi fallire, di farmi perdere il controllo, di farmi sentire talmente tanto la mancanza di Britta da non farmi riuscire a parlarne con Larkin.

Una nuvola che sta solo aspettando.

19

LARKIN

Sono distesa sul pavimento del soggiorno, intenta ad organizzare la prossima giornata speciale in biblioteca che celebrerà il libro La tela di Carlotta. È notte fonda. Normalmente sarei già a letto, ma sto aspettando quella che potrei chiamare come *una botta e via*.

Solo a pensarci mi fa arrossire.

Tre mesi fa non avrei mai immaginato di poter essere questo tipo di persona. Non avrei immaginato nemmeno lontanamente di poter avere un piccolo e sporco segreto come questo. Ma poi ho incontrato Charlie e tutte le cose che pensavo sono andate a farsi benedire.

Cerco di concentrarmi sul mio compito che è sparso in un casino di documenti davanti a me. Ho diversi foglietti adesivi attaccati attorno a un disegno della biblioteca. C'è una nota per ciascuna delle sei stazioni, in cui i bambini possono imparare un aneddoto e svolgere un'attività.

Mentre provo a decidere dove posizionare la nota adesiva "Creare ragni in carta pesta", bussano alla porta di casa. Dev'essere Charlie.

Mi alzo e sistemo il mio vestito di jeans mentre mi

affretto ad aprire la porta. Charlie è lì, appoggiato alla porta, pronto a far accelerare il mio battito con la sua espressione cupa.

Lo prendo per mano, tirandolo dentro. Chiude a calci la porta, afferrandomi per i fianchi e baciandomi con una risatina.

"Si è finalmente addormentata?" Chiedo mordendomi il labbro mentre mi bacia il collo. La sua barba sfrega contro la pelle delicata del mio polso, solleticandomi.

"Già", dice, sganciando il bottone in cima al mio vestito. "La vedo sul baby monitor, nella mia tasca posteriore. Sto aspettando da ore, pensando a te, seduta qui. Credo proprio che tu sia la mia ricompensa per la mia pazienza."

Io ridacchio e abbasso la cerniera della sua felpa, tirando su la maglietta per permettere alle mie dita di accedere agli addominali, alla V dei suoi muscoli che cesellano i suoi fianchi.

È passato quasi un mese da quando abbiamo fatto sesso per la prima volta, e abbiamo usato le scuse più disparate per farlo sempre in segreto. Ogni volta che Sarah non ci vede, o sta da Rosa e Dale, senza ombra di dubbio noi ci diamo da fare.

La regola stabilita implicitamente è che Sarah non può vedere nessuna manifestazione pubblica di affetto. A suoi occhi ci renderebbe una coppia in qualche modo.

Quindi siamo stati discreti il più possibile, sgattaiolando fuori a tarda notte o la mattina presto.

Charlie sbottona i primi tre bottoni, poi si arrende e mi prende sulla sua spalla.

"Charlie!" Esclamo.

"È colpa tua," dice portandomi sul divano. "Il tuo vestito è frustrante."

Mi lancia sul divano e si butta sopra di me.

"Perché?" Chiedo sorridendo quando seppellisce la sua faccia tra i miei seni. Sento il lento gocciolio dell'umidità tra le mie gambe. È sempre così con lui. Non posso fare a meno di essere eccitata.

"Non dovresti nemmeno indossarli i vestiti", dice mentre slaccia gli altri bottoni, poi inizia a sfilarmi il vestito da sopra la testa.

Mi lascia nuda, senza reggiseno né mutandine. Lo stavo aspettando. Lo sguardo sul suo viso è quasi comico, quasi come quello di un ragazzino che ha ottenuto ciò che voleva la mattina di Natale.

Charlie seppellisce di nuovo la sua faccia nel solco tra i miei seni, spingendoli entrambi verso la sua bocca. Si prende un po' di tempo con ognuno, baciandolo e leccandolo, facendo scorrere la lingua sui capezzoli. Usa anche i suoi denti, portandomi al limite ed eccitandomi in modo ridicolo.

Nel frattempo, le mie mani vagano sul suo corpo, sentendo i diversi gruppi muscolari che si tendono. Avvolgo le mie gambe attorno a lui, premendo la mia figa contro la sagoma del suo cazzo sui suoi jeans.

Sa come farmi impazzire in questo modo: emette questo suono nel profondo del suo petto, mentre la sua bocca è sul mio seno. È un rombo, o forse un ringhio. Quel verso non mi sazia mai.

Si tira indietro. "Voglio che mi cavalchi la bocca, Larkin."

Divento tutta rossa. "Non lo so, Charlie..."

"Sì. Dai, provaci... Penso che ti piacerà," dice. Lo guardo negli occhi, verdi come un giardino rigoglioso e ardente di lussuria.

"Sono imbarazzata", ammetto.

"Non esserlo," mi dice. "Sono sicuro al cento per cento che sarai magnifica seduta sulla mia faccia. Pensaci: i capelli sulla tua schiena, i tuoi seni sporgenti, il piacere dipinto sul tuo volto..."

Mi mordo il labbro inferiore, ma si sta già staccando da me e si sta sdraiando sul pavimento. *Immagino che sto per farlo, quindi.*

Se so una cosa di Charlie è che non riderebbe mai e poi mai di me, né mi farebbe sentire in imbarazzo di proposito. Man mano che passiamo sempre più tempo insieme, la cosa mi è sempre più evidente.

Mi sposto dal divano al pavimento, inginocchiandomi accanto alla sua testa.

"Pronto?" chiedo con esitazione.

Lui annuisce, accarezzandomi la coscia con un sorrisetto. "Assolutamente pronto."

Mi muovo sul suo viso, a cavalcioni su di lui. Non mi sono mai sentita così imbarazzata in vita mia, ma le mani di Charlie si alzano sopra alle mie cosce, spingendomi dolcemente verso il basso.

Allargo leggermente le gambe mordendomi il labbro. Sento il calore del suo respiro appena prima che baci l'interno delle mie cosce. Sono super cosciente ma anche molto, molto eccitata.

Sento la mia figa diventare bagnata mentre mi bacia verso l'alto, verso il mio pube. Mi fa sentire un po' a disagio, ma allo stesso tempo mi mordo il labbro e penso a quanto lui sarà eccitante. Intento a ripulirsi i miei succhi dalla faccia dopo che io gli sarò venuta completamente sopra?

Sì, questo mi rende fottutamente arrapata.

Preme ulteriormente la parte superiore delle mie cosce fino a quando non mi appoggio completamente sulla sua faccia. Allo stesso tempo, bacia il mio clitoride dolente, sempre in modo leggero. Gemo.

"Oh dio", dico mentre lo bacia di nuovo, aumentando un po' la pressione.

Mi mordo il labbro, incerta su cosa fare con le mani. Mi faccio scorrere le mani sul corpo, finendo per godermi la sensazione che provo nello stringermi il seno. Piego la testa di lato, gemendo alla stimolazione di Charlie che mi lecca lentamente il clitoride.

Tiro su entrambi i capezzoli, contemporaneamente, e mi lascio cadere un paio di volte contro la sua lingua malvagia. Continuo a immaginarlo nel momento in cui gli sarò venuta su tutta la faccia, il che mi fa impazzire.

Si sposta per un secondo, muovendo il braccio. La sua grossa mano si stende su una natica, poi mi spinge ancora giù, sulla sua bocca. Charlie disegna degli otto con la lingua sul mio clitoride, la mano sul mio culo che scorre sempre più in basso, stuzzicando la fessura del mio culo.

Chiude le labbra sul mio clitoride e comincia a succhiarlo, il che mi fa gridare. Allo stesso tempo, mi fa scivolare la punta di un dito appena dentro l'increspatura del mio culo.

Sono così sciocata, non so nemmeno cosa fare. Mi blocco, anche se Charlie succhia ancora più forte il clitoride. Mi sento sbocciare come un fiore, una sensazione di pienezza si insinua pian piano nel mio corpo.

Sente che mi irrigidisco e si tira indietro. "Tutto bene?"

Divento rossa come un peperone. "Sì... Ma sento che dovresti godere anche tu."

Mi bacia l'interno coscia. "Posso farlo, se tu vuoi voltarti. Puoi continuare a cavalcarmi e succhiarmelo allo stesso tempo."

Ma quanto è... monello.

Annuisco, riposizionandomi goffamente. Quando mi ritrovo di fronte al suo cazzo devo darmi da fare. Le mie dita sbottonano i suoi jeans, spingendo verso il basso i suoi boxer per rivelare il suo cazzo lungo, duro e perfetto.

Mentre Charlie chiude di nuovo le sue labbra sul mio clitoride, prendo il suo cazzo nel pugno. Geme, il che è decisamente soddisfacente. Mi sforzo di avvolgere le labbra attorno alla sua punta, che è troppo lontana per fare altro.

Gemo un *mmmmm* al suo sapore maschile, salato e amaro-terroso nella mia bocca.

Cerco di concentrarmi sul suo cazzo, bagnandomi le labbra e coprendomi i denti con la lingua. Cerco di non preoccuparmi di quello che sta facendo Charlie, di non concentrarmi su ogni singolo colpo della sua lingua.

È molto difficile, però. Faccio scivolare la lingua intorno al suo cazzo e scorro con cura il pugno su e giù per la sua lunghezza. Sento che la mia molla interiore si sta avvolgendo, si sta tendendo. Sono consapevole del suo dito intelligente che mi scivola di nuovo nel culo, penetrandolo con solo la punta.

Cazzo, penso, *effettivamente mi sta piacendo*. Pian piano inserisce tutto il dito e all'improvviso vengo sopraffatta dalla sensazione di pienezza. La consapevolezza che sto per venire è per me fonte di grande distrazione.

Faccio una pausa e alzo la testa, suscitando un gemito doloroso in lui. "Ci sono vicina", sussurro.

Geme e raddoppia la pressione sul mio clitoride. Sospiro mentre affondo di nuovo la bocca sul suo cazzo, muovendo la mano a ritmo con la lingua. Il suo sapore cambia un po', diventa più salato mentre gemo intorno al suo cazzo.

Improvvisamente scoppio, andando oltre il precipizio, sprofondando in un mondo di piacere. Charlie comincia a seguirmi, svuotandosi schizzo dopo schizzo di una sborra salata che mi finisce in bocca, in gola.

Quando finalmente rallentiamo, scivolo via dalla sua

faccia, spingendomi in posizione verticale. Ho finalmente raggiunto il momento che tanto aspettavo, lo guardo leccarsi e asciugarsi la mia umidità dalla bocca e dal mento.

"Questo..." dico annuendo e guardando la sua faccia umida. Sono ancora un po' senza fiato. "...Questo è davvero eccitante."

Il suo sorriso è quasi malvagio. "Dici davvero?"

"Sì" dico arrossendo.

"Bene. Sono contento che la pensi così. Mi dai più o meno... Dieci minuti? E potrai sentirlo di nuovo." Mi fa l'occhiolino.

Alzo gli occhi al cielo, ma dentro di me so che non scherza affatto. Mi giro in modo da potermi sdraiare accanto a lui, con la testa sulla sua spalla.

Amo Charlie, penso. *Lo amo talmente tanto da sentirmi quasi nauseata. Lo amo così tanto che sento che il mio cuore potrebbe balzarmi fuori dal petto.*

Però tengo questi pensieri per me. Stesa lì sulla sua spalla, ci sono così tante cose che non posso dire ad alta voce... e sono solo pochi pensieri su tanti.

20

CHARLIE

Larkin sorride un po' alla mia leggera ansia per la sua guida. Sta percorrendo l'autostrada verso una destinazione sconosciuta, sta guidando la mia macchina. È a dir poco bellissimo fuori. Il terreno mentre guidiamo si inclina dolcemente ma notevolmente verso il basso, anche se la densità dei boschi non diminuisce.

Ammiro lo scenario di passaggio, rimpiangendo da morire il fatto di aver accettato di venire con Larkin senza fare nessuna domanda.

Lancio un'occhiata sul sedile posteriore, controllando Sarah. "Tutto bene?" chiedo io.

Sarah schiocca le labbra, deliziata dal sacchetto d'uva che le ha regalato Larkin. Lei annuisce con entusiasmo.

"Rilassati", dice Larkin, toccandomi la mano. "Sto rispettando il limite di velocità. Così come tutti i segnali stradali. Sono una guidatrice prudente."

Anche Britta lo era, penso guardandola. Non prendeva mai l'autostrada.

Ma stringo la mascella e mantengo i miei pensieri per me. Qualunque cosa accada, quasi sicuramente guiderò io al ritorno. Probabilmente siamo in viaggio da venti minuti quando Larkin mette la freccia ed esce dall'autostrada.

Il cartello dice che andremo ad Arch Cape, ma non riesco più ad aspettare. Abbasso il finestrino e sento l'odore del sale nell'aria fresca. Riesco persino a sentire il ruggito delle onde quando svoltiamo a destra.

Merda. Siamo vicini al dannato oceano.

Tutto il mio corpo si irrigidisce e si mette in tensione quando sento le parole di Britta risuonarmi nella testa. *Un giorno ti porterò davanti all'Oceano Pacifico.*

Una promessa non mantenuta. Me lo disse un giorno mentre era incinta, quando ammisi di non essere mai stato in riva al mare.

Lancio un'occhiata a Larkin, che non è assolutamente a conoscenza di questo. Cosa dovrei dirle?

Fai inversione e andiamo via, non sono ancora pronto per affrontare tutto questo?

Si avvicina a una piccola zona affollata dove sono parcheggiate altre tre macchine e si ferma. Ci sono ancora alberi alti tra noi e l'oceano, ma se socchiudo gli occhi riesco a distinguere la sabbia quasi bianca della spiaggia.

Merda, merda, merda. Sono rigido sul sedile, mi sento congelato.

"Siamo arrivati!" annuncia, guardandosi indietro e riferendosi a Sarah. "Siamo in spiaggia, fiorellino."

Sarah sorride al soprannome. Sorride praticamente ogni volta che Larkin lo usa.

Larkin allunga la mano verso di me e la mette sulla mia. "Pronto?"

No.

Ma annuisco comunque, slacciando meccanicamente la cintura di sicurezza. Larkin esce dall'auto, poi porta Sarah fuori dal suo seggiolino. Esco lentamente, pensando a quanto sia bello il quadretto che compongono assieme: Larkin nel suo grazioso vestito verde oliva che tiene in braccio Sarah, che la riempie di parole affettuose.

Se non fosse per la loro colorazione drasticamente diversa, verrebbe da dire che Larkin sia la madre di Sarah. Il modo in cui Larkin avvolge la sua giacca attorno a Sarah. Il modo in cui Sarah ride a crepapelle alle battute di Larkin mentre lei la fa rimbalzare su un fianco...

Sembra che lo faccia da sempre, non solo da tre mesi. Sarah è così piccola, non si ricorderà nemmeno di Britta. I suoi primi ricordi saranno quelli di me e Larkin che ci teniamo per mano.

Adesso questo pensiero è come un macigno sul mio cuore.

"Vedremo l'oceano!" dice Larkin a Sarah. "L'oceano è grande e blu, e fa *whoosh, whoosh!*"

Larkin mi guarda. È ovvio che nota la mia espressione e la mia mancanza di parole, ma non dice nulla. Si gira e inizia a dirigersi verso il sentiero tra gli alberi che la condurrà alla spiaggia.

Mi trascino dietro di lei, il mio dialogo interiore è un vortice di emozioni. Sono arrabbiato. Sono depresso e angosciato. Sono fiducioso, ma ho anche quella solita nuvola nera che incombe sulla mia testa.

Seguo Larkin, alzando di un centimetro la zip della mia felpa. C'è un forte vento che soffia, anche ora che è estate. Riemergiamo dal boschetto e c'è la spiaggia, con le sue miglia e miglia di sabbia, che si estende alla mia sinistra e alla mia destra.

Ancora più impressionante è l'oceano, una bestia madornale di colore blu-verde grigiastro che si estende fino all'orizzonte, fin dove riescono a vedere i miei occhi. La schiuma spruzza nell'aria una sottile nebbia di acqua salata, mentre più lontano le onde s'infrangono ritmicamente.

Larkin mette Sarah giù, accovacciandosi accanto a lei.

"Guarda qui," le dice. Prende un pugno di sabbia e la rilascia lentamente.

"Di nuovo!" Chiede Sarah, sembrando incerta su come funzioni la sabbia.

Larkin mette obbedientemente la sua mano a coppa e raccoglie un altro po' di sabbia, poi la fa cadere di nuovo. Sarah si accovaccia e mette la mano nella sabbia, quindi copia sperimentalmente ciò che ha fatto Larkin.

Larkin mi guarda, abbassando le sopracciglia. "Hey, per caso vuoi venire a presentare tua figlia all'oceano?"

Sento che le mie guance si scaldano. Mi avvicino a loro a malincuore, inginocchiandomi accanto a Sarah. Lei mi guarda, il suo faccino si illumina di eccitazione. Afferra una manciata di sabbia, replicando il trucco che ha appena imparato.

"Molto bello," dico. "Guarda questo."

Costruisco un muretto di sabbia modellandolo con le mie mani. Sarah però non è interessata. Gira la testa, guardando l'oceano minaccioso.

"Magari prova a mostrarglielo di nuovo quando siamo più vicini all'acqua", dice Larkin, cercando di essere d'aiuto. "Non credo che la sabbia sia abbastanza solida qui."

Mi alzo, scrollando le mani per togliere la sabbia. "Dai, andiamo a vedere l'oceano."

Offro a Sarah la mia mano e lei la afferra. Larkin indietreggia di qualche passo, lasciandoci un momento soli. Lo apprezzo, anche se la cosa mi fa incazzare e mi rende triste.

Eccoci di fronte all'oceano, un posto in cui probabilmente non avrei mai pensato di portare Sarah tutto solo. Eppure la donna che ci ha portato qui rimane un passo indietro, non vuole... cosa? Forse non vuole che Sarah colleghi l'oceano con qualcuno a caso?

Ed eccomi qui, a lasciarla lì, indietro. Senza dire niente. Perché voglio che la prima esperienza di Sarah sia pura, sì. Ma anche perché sono un fottuto codardo.

Avverto un po' di risentimento nei confronti di Larkin per non aver insistito, per non aver preso Sarah per l'altra mano e aver camminato lentamente verso il mare. Sono un po' infastidito anche dal fatto che siamo qui. Non potrebbe esserci circolo vizioso peggiore di questo.

Larkin mi fa arrabbiare perché non si stanca mai di me, perché non mi dà mai addosso e non mi manda mai a fanculo. Mi arrabbio con me stesso perché sono arrabbiato con Larkin. È un gran casino, e non so come risolverlo.

Quindi rimango in silenzio nella mia angoscia e porto Sarah verso la riva. Le lascio osservare l'acqua, poi le faccio fare un passo dentro. Guarda l'acqua che si ritira, poi la vede ritornare.

"Bagnato!" urla quando l'acqua le sfiora le scarpe. "Bagnato!"

"Sì, è bagnato", sono d'accordo.

Sarah sembra talmente tradita dall'acqua, non riesco a non ridere. Corre via per un paio di passi, poi inciampa e cade sulla sabbia irregolare. Atterra in ginocchio e sembra sorpresa che non si sia fatta male.

Inclina la testa e riesco a vedere che il suo cervello sta lavorando a un ritmo furioso. Lancio un'occhiata a Larkin, che sta aspettando pazientemente dietro di noi. Torno indietro dove si trova, abbracciandola.

"Mi dispiace per essere stato un coglione", le sussurro all'orecchio. Torno indietro per tenere d'occhio Sarah che sta scoprendo che la sabbia bagnata è una creatura totalmente diversa da quella asciutta.

Larkin mi fa scivolare un braccio attorno alla vita e mi abbraccia, ma è silenziosa. Maledizione. Questo significa che probabilmente ho ferito i suoi sentimenti, cosa che non era mia intenzione fare, ma allo stesso tempo lo era.

Non voglio mai fare del male a Larkin. Mi sento come un rifiuto umano ogni volta che penso al fatto che nella mia situazione, finirò sempre col ferirla.

"Grazie per averci portato qui", dico guardandola.

Fa una specie di mezzo sorriso e mi mette la testa sulla spalla. Le do un bacio sulla testa, sentendomi un completo idiota.

Rimaniamo così per un po', poi ci avviciniamo per sederci vicino a Sarah. Comincio a costruire un orribile castello di sabbia. Larkin intrattiene Sarah con le sue tante osservazioni, la maggior parte delle quali riguarda i gabbiani e la sabbia.

Rimaniamo a riva per circa un'ora, finché Sarah non si stanca. Poi prendo un paio di coperte dalla macchina e creiamo una piccola piattaforma tra noi più in alto sulla spiaggia, dove la sabbia è ben asciutta.

Una volta che Sarah si addormenta, cullata dalle carezze di Larkin sulla schina, sento di poter parlare. Lancio un'occhiata a Larkin, la sua mano sulla schiena di Sarah mentre dorme.

Le devo una spiegazione. Le sono debitore di *qualcosa*.

"Sarei dovuto venire qui, davanti all'Oceano Pacifico con Britta", dico. "L'avevamo pianificato, ma non abbiamo mai avuto la possibilità di venirci."

Larkin alza lo sguardo, un po' sorpresa. "Davvero? Non lo sapevo."

"Sì", dico, arricciando il naso. "È strano essere qui senza di lei. Voglio dire, immagino che debba abituarmi all'idea di fare qualsiasi cosa senza di lei adesso. Non posso andare avanti per sempre fingendo che l'Oceano Pacifico non esista, sai?"

Lei annuisce, pensierosa. "Comunque capisco che ti faccia sentire malinconico."

Faccio un sospiro, raccogliendo un sassolino dalla sabbia. Lo giro più volte nella mia mano, sentendone la levigatezza e il peso.

"È solo... Sai, ci sono mille attività e posti come questo. Mille minuscole trappole di sabbia, in attesa che io dimentichi e poi mi faccia risucchiare nel fango quando le faccio."

Larkin non risponde, non che io mi aspetti che lo faccia. Continua a sfregare ritmicamente la schiena di Sarah, dondolando leggermente. Cadiamo nel silenzio che si impossessa di noi.

Chiudo il pugno attorno al ciottolo. È fermo sotto la mia presa, mi rassicura.

"Comincio a dimenticare Britta per ore intere", ammetto, guardando in lontananza. "Alcuni giorni fa ho realizzato che non avevo pensato a lei per un giorno intero."

Larkin smette di accarezzare Sarah e mi guarda. "È pesante."

"Molto", concordo, appoggiandomi sui gomiti. "So che è un segno di progresso, del fatto che sto voltando pagina. Ma non posso fare a meno di sentire che, in qualche modo, la sto tradendo. Provo ad attuare quella strategia in cui penso: 'cosa avrebbe voluto Britta? Avrebbe voluto che piangessi la sua scomparsa così a lungo? Ma..."

Scuoto la testa. "Aveva uno scoiattolo domestico quando l'ho incontrata per la prima volta, al college. Lo aveva salvato quando era al liceo e lo ha tenuto per anni. Ha vissuto una vita lunga e sana. E poi è morto, circa tre anni prima della nascita di Sarah. La settimana prima della sua morte, mi disse che non voleva prendere un cagnolino o un gattino perché era ancora troppo triste per quel dannato scoiattolo. Ha pianto per quello scoiattolino per ben tre anni, e diceva che comunque non era abbastanza. Quindi..." Scrollo le spalle. "Come posso pensare di lasciarla andare così presto?"

Larkin si annoda le dita in grembo, guardandole.

"Non lo so", dice debolmente. Mi fa un gran sorriso. "Sembra fosse una persona con cui saresti davvero andata d'accordo."

Annuisco. "Era una persona meravigliosa."

Larkin fa un respiro profondo, guardando l'orizzonte. Cerco di immaginare cosa le frulli in testa al momento. Probabilmente sta cercando di calcolare se sarò mai in grado di impegnarmi seriamente con lei. O peggio, ha già deciso che non ci riuscirò, o che non vorrò, e quindi sta cercando di capire per quanto tempo potrà sopportare questa situazione.

Allungo la mano per prendere la sua, intrecciando le sue dita con le mie. Larkin mi guarda con un sorriso cupo.

"È bellissimo qui", dice.

La guardo, guardo i suoi splendidi capelli illuminati dal sole e arruffati dalla brezza. È così ossuta, ma forte. Le sue spalle sono leggere ma dritte. Il suo vestito verde oliva mette in risalto i suoi occhi.

Una vocina nella testa mi dice: *vai avanti e dille ciò merita di sentire. Dille "ti amo". Tutto sarà perdonato.*

Ma mio lato più ragionevole mi dice che è meglio di no. Sa che una volta che avrò detto quelle tre paroline, il gioco cambierà. Tutto si amplificherà, la posta in gioco sarà molto più alta.

E ad essere onesto, a questo livello riesco a malapena a giocare.

Quindi dico solo: "La mia vista da questo punto preciso è sicuramente mozzafiato." Mi guarda, arrossisce e ride.

"Sei terribile", dice.

"Ti piace, però." Le faccio l'occhiolino.

Si china per un bacio, e il momento in cui avrebbe avuto senso dire quelle tre parole scivola via nella brezza tinta di acqua salata.

21

CHARLIE

"Shhhh," dico a Larkin, facendola entrare dalla porta principale. Chiudo la porta piano dietro di lei. "Sarah è appena crollata per un pisolino. Dobbiamo agire in fretta."

"Di solito non fa un pisolino per almeno un'ora?" dice lei, lanciandomi uno sguardo curioso. Faccio un passo indietro, notando il suo vestito magenta dall'aspetto morbido. Io sono nella mia solita tenuta nera, ma Larkin sembra fottutamente spettacolare.

Ah, ma chi voglio prendere in giro? È sempre spettacolare.

Mi mordo il labbro inferiore e tocco l'abito. È davvero morbido come sembra.

"Sì, ma non vedo come inseriremo due sessioni in un'ora, figuriamoci le tre che ho pianificato nella mia testa", spiego. Lei sorride.

"Vedremo."

Larkin si alza in punta di piedi per baciarmi, avvolgendomi le braccia attorno al collo. La prendo per la vita, facendola camminare all'indietro per portarla in soggiorno. Mi sono impegnato per averla su ogni mobile; oggi, l'unica cosa rimasta al piano di sotto su cui non abbiamo scopato è un'orrenda sedia color pastello.

La poso sulla sedia, con il suo ridacchiare. "Sei sempre di fretta!" lo accusa.

Faccio finta di essere offeso, arretrando. "Ma sei tu che mi fai diventare così!"

"Ah *ah*," dice, inclinandosi verso di me. Mi arrendo e mi inginocchio davanti a lei, baciandola con tutta la passione che mi tiene in subbuglio da quando l'ho vista l'ultima volta, la scorsa notte.

Mentre prendo il suo viso tra le mie mani, modellando le sue labbra con le mie, ho sulla punta della lingua quelle due parole.

Ti amo.

Lo so. Lo sento con in modo così sicuro che è difficile non sputarlo fuori. Non sono un uomo paziente. Ma non le pronuncio; penso che rovinerebbe il mese di preparazione e anticipazione che ha portato a questo momento.

Ma ho un piano.

Quello che non sa è che stasera gliele dirò ad un momento ben preciso. Ho intenzione di dirgliele, e confido nel fatto che insieme riusciremo a capire quale sarà il passo successivo più appropriato.

Perché è questo quello che fanno le coppie. Trovare una soluzione, insieme.

La bacio con tutto il cuore. In modo tenero, perché Larkin è una creatura straordinaria, profonda e fragile.

Si agita contro di me, premendo il suo corpo sul mio. Poi però si blocca, guardando oltre le mie spalle. "Merda."

Mi giro e vedo Sarah a soli tre metri di distanza, ci fissa. Ha un'espressione imbronciata sul viso.

"Caaazz..." dico, allontanandomi da Larkin. Dire a Sarah

di noi è un *bel* passo, ma non siamo ancora pronti. "Sarah, non dovresti essere nel tuo lettino?"

"No stanca", dice, incrociando le braccia sul petto.

Larkin si schiarisce la gola e si alza. "Vuoi che ti aiuti a rimetterti a dormire?"

"Non credo ne abbia bisogno", dico con enfasi. Sono più che seccato che Larkin si sia offerta senza chiedermelo prima.

Sarah si avvicina a Larkin con le sue piccole gambe tozze, ancora imbronciata. Allunga le braccia verso Larkin, che la prende in braccio.

"Leggi?" chiede Sarah a Larkin.

Larkin si tormenta il labbro inferiore, guardandomi. Sono ancora irritato, ma le faccio un cenno di assenso. "Vai pure."

Larkin mi fissa con uno sguardo che dice *litigheremo su questo più tardi, ma non dirò niente ora di fronte alla bimba.* Sospiro mentre salgono le scale e mi accascio sulla sedia stampata col motivo cachemire.

Non solo il mio cazzo è stato interrotto sul più bello, ma ora devo anche preoccuparmi di cosa dire alla mia bambina. Larkin è più che un'amica, questo è certo. Ma quanto di più?

Immagino un futuro in cui un giorno le metterò un anello al dito?

Sì.

Almeno, spero che condivideremo un futuro insieme. Mi fa sentire a disagio ammetterlo, ma Larkin è la mia debolezza. Farei quasi di tutto per lei, e immagino di tutto per i giorni a venire.

È solo che... non ancora, non adesso.

Non riesco a prenderle la mano, a impegnarmi. Proprio come non riesco a lasciar andare completamente Britta.

Sono su un precipizio e il terreno si sta sgretolando sotto i miei piedi, ma sono ancora paralizzato.

Allora qual è il vero problema? È l'indecisione? O è solo il fatto che ho paura?

Boom boom boom. Qualcuno bussa alla porta d'ingresso, il che mi sorprende. Lancio un'occhiata al mio orologio mentre mi alzo. Sono le tre e mezza, nel bel mezzo del pomeriggio. Non ricordo nemmeno di aver ordinato qualcosa che poteva essere in consegna.

Mi dirigo verso la porta e la apro. Con mia sorpresa vedo Helen con due omoni vestiti di nero dietro di lei. Indossa un tailleur bianco, immacolato, e sembra trionfante mentre mi porge un fascio di carte blu.

La fisso solo per un secondo prima di allungare la mano e prenderle. Non le apro, però.

"Helen" dico, socchiudendo gli occhi con espressione minacciosa. Uno dei due uomini si aggiusta i pantaloni e vedo una pistola e una fondina sulla cintura. "Vedo che non hai sentito il bisogno di chiamare prima di venire. E esattamente... Perché mi hai portato dei tipi armati?"

"Ti cito in giudizio per la custodia di Sarah", dice con un sorrisetto. "Le guardie del corpo sono qui per la mia protezione."

Per un secondo, penso che stia scherzando. Apro i fogli, scansionandoli rapidamente per coglierne il succo.

Non vado oltre "Richiesta di cambio di custodia" prima di incazzarmi. Alzo lo sguardo su Helen.

"Pensi davvero che portarmi in tribunale cambierà qualcosa?" Chiedo furioso.

"Ho detto tutti ai miei avvocati, riguardo alla tua decisione di far crescere Sarah con una persona non sicura", dice Helen.

"Chi? Stai parlando di Larkin?" Chiedo io.

"Gli ho anche raccontato quello che mi ha detto Sarah, che le hai fatto del male", continua, come se non avessi mai parlato. "Il mio avvocato pensa che io abbia davvero un ottimo vantaggio sul caso."

"Tu sei pazza. Completamente... Fuori di testa," rispondo, iniziando a chiuderle la porta in faccia.

Helen allunga la mano per tenere lo stipite della porta, impedendomi di chiuderla del tutto. "Continua pure con questo tuo atteggiamento. Ogni parola offensiva, ogni livido che mi farai, mi aiuterà solo a vincere più facilmente."

"Vaffanculo", dico attraverso lo spiraglio. "Di' al giudice che ti ho detto anche questo."

Il suo sorriso si fa solo più profondo. "Lo farò".

Per un solo secondo penso seriamente di andare di sopra a estrarre la mia pistola dalla sua sicura. Sarebbe molto soddisfacente convincere Helen a mettere la sua mano fuori dalla porta e ad abbandonare il mio portico. Proprio come sarebbe soddisfacente intimidirla fisicamente, nonostante i due tipi grossi che ha accanto.

Ma non lo faccio. Penso a Sarah e Larkin, a quale sia la cosa migliore da fare considerando che sono di sopra.

Quale sarebbe la cosa più sicura per tutti se quei due ragazzi non hanno ancora estratto le loro armi. Sicuramente non sarebbe un'ottima scelta mostrare la mia per primo.

Quindi mi allontano dalla porta principale, lasciandola aperta nonostante la mano di Helen sia ancora dentro.

"Sei debole!!" urla attraverso la fessura. "E non sei mai stato abbastanza per mia figlia!"

Mi fermo un secondo. Ripenso a quella volta, qualche giorno dopo la prima volta che avevo conosciuto Helen, quando io e Britta eravamo soli nel mio letto. Le avevo chiesto cosa pensasse sua madre di me, e lei mi aveva liquidato con una risposta approssimativa.

Ma non molto tempo dopo, Britta iniziò davvero a litigare spesso con sua madre. Forse la madre le diceva la stessa cosa? Che non ero abbastanza per lei?

"Che sta succedendo?" Chiede Larkin, scendendo le scale.

"Eccola qui! La *prostituta* di Charlie. Perché non la porti qui fuori, così le diamo tutti una bella occhiata?" grida Helen, aprendo la porta.

"Torna di sopra," abbaio a Larkin. "C'è Helen, ed è fottutamente fuori di testa."

Larkin impallidisce e svanisce di nuovo su per le scale. Penso per un secondo. Qual è il modo migliore per allontanare Helen e i suoi accompagnatori dalla proprietà e registrare l'accaduto?

Mi giro verso la porta principale, tirando fuori il mio telefono. Compongo il 113.

"Polizia, qual è la tua emergenza?" risponde una donna.

"Pronto? Sì salve, vorrei segnalare che la mia ex suocera sta violando la mia proprietà," dico abbastanza forte da farlo sentire ad Helen. "Sì, ha tentato di entrare in casa mia senza il mio permesso. Sì, ha due uomini armati fuori dalla mia porta e credo che siano qui per farmi qualcosa. Vi prego di inviare immediatamente gli ufficiali. Siamo al 1427 di North Creek Road." La mano di Helen scompare. "Grazie."

Torno indietro verso la porta principale, usando il piede per aprirla completamente. Helen e le sue guardie del corpo stanno lasciando il cortile fuggendo a gambe levate.

Mi appoggio al telaio della porta, guardandoli andare via. Si ficcano in un SUV nero allontanandosi velocemente. Sento la sirena della polizia in lontananza e sospiro.

Abbasso lo sguardo sui fogli ancora in mano, resistendo all'impulso di accartocciarli nel pugno.

Che giornata. Prima Sarah sorprende me e Larkin

mentre... beh, eravamo molto oltre un semplice bacio. Quindi dovrò affrontare le conseguenze di tutto ciò, qualunque esse siano.

E poi questo?! Quella psicopatica di mia suocera che si presenta con due scagnozzi sbattendomi in faccia questi documenti? Peggio ancora, accusando me di aver fatto del male a Sarah e Larkin di essere una cattiva influenza.

Sì, Helen è pazza, da manicomio, ma che farò se qualcuno la ascolta? E se, nella peggiore delle ipotesi, dovesse finire con l'ottenere la custodia esclusiva di Sarah?

Vado di sopra a dire a Larkin e Sarah che tutto andrà bene, ma di certo io non ne sono affatto sicuro.

22

LARKIN

"Forse dovrei dormire a casa mia stasera," dice Charlie, nudo e disteso supino nel mio letto. Si alza con un gemito, cercando i suoi vestiti.

Mi acciglio e mi alzo appena. Di solito essere nuda non mi imbarazza, ma vederlo indossare i suoi boxer mi fa prendere il lenzuolo e me lo fa tirare sul mio corpo.

"Ancora? È passata una settimana da quando Helen è stata qui. E abbiamo lasciato Sarah a casa di Dale e Rosa per il fine settimana. Abbiamo due giorni interi tutti per noi. Perché non ci divertiamo?"

Lui non risponde. Si infila i jeans. Scuoto una mano in aria per attirare la sua attenzione.

"Ei, sto parlando con te." Dico seccata.

"Sì, scusa," dice, sedendosi di nuovo sul letto. Si china per darmi un bacio, ma io sono arrabbiata. Mi volto offrendogli la guancia. "È che devo incontrare un avvocato lunedì..."

"È venerdì sera!" esclamo. "Alle undici di sera nessuno ti cerca, sai."

La sua fronte si corruga. "Lo so. È solo che... sai, è quasi il primo ottobre..."

Lo interrompo, sentendo che comincio a perdere le staffe. "Fammi indovinare. Il primo ottobre è una data speciale che festeggiavi con Britta"

Lui distoglie lo sguardo. "Sì, diciamo di sì."

Faccio una smorfia allontanandomi. Scendo verso il mio lato del letto, trovando le mutandine sul pavimento e indossandole. In questo momento mi sento estremamente gelosa di Britta, una donna intoccabile perché morta. So che è meschino. So che è di mentalità ristretta.

Ma è più forte di me. Mi sentivo come se fossimo a un passo dal raccontarci come ci sentivamo, e poi boom, l'uragano Helen ci ha travolto, e da allora nulla tutto è andato storto.

"Larkin", dice Charlie, capendo solo ora che sono arrabbiata. Trovo una maglietta a caso sul pavimento e me la infilo sulla testa. "Larkin, non essere arrabbiata."

"Per cosa dovrei essere arrabbiata?" Dico, camminando verso il mio comò. Sbuffo mentre tiro fuori dei pantaloni da yoga e li infilo su per le gambe.

"È solo fino a quando non sono sicuro che tutto sia risolto."

Mi giro e lo guardo. "*Cosa* dovrebbe essere risolto?"

Tiene la maglietta tra le mani e la tormenta.

"Sto solo dicendo, magari possiamo darci una calmata fino ad allora..."

"Una calmata? *Una. Calmata.*" Dico, la mia voce si alza. "Quindi vorresti dire che è meglio se non ci vediamo più? Ho indovinato?"

Guarda verso il basso. "No."

"Allora cosa vuoi dire con 'darci una calmata'?"

"Voglio solo dire... finché non sono sicuro che Helen non

sia più una minaccia, manteniamo un profilo basso. Sai, non ufficiale."

Sposto i miei lunghi capelli su una spalla. "Lo facciamo da oltre un mese. Cos'è che vorresti cambiare esattamente?"

Charlie si prende un momento per mettersi la camicia.

"Niente", dice lentamente. "Non sei tu a dover fare qualcosa. Non voglio che questa stronzata legale ti coinvolga."

Inclino il fianco.

"Eppure mi sento coinvolta. Significa che non posso stare con Sarah. Significa che non posso starti vicino, a quanto pare, tranne che per un paio d'ore di sesso."

Si alza. "Non voglio che tu ti senta così."

"Ma ti sto dicendo che mi ci sento. Sono fottutamente stanca di questa situazione. Perché stiamo regredendo? Che cosa è successo ai progressi che avevamo fatto?"

Emette un sospiro. "Senti, so che non è la migliore delle situazioni... ma probabilmente è solo fino a quando non riuscirò a parlare con l'avvocato. Solo qualche giorno."

"Probabilmente?" Chiedo, le mie guance si scaldano. "Pensavo fosse fino a quando non avresti incontrato il giudice per la prima volta. Oppure aspetta! Dovrei rimanere nell'ombra per tutta la causa? Dimmi un po'."

"Non è così."

"Ah no? Perché sembra che tu stia dicendo proprio questo. Sei stato distante tutta la settimana, non volevi stare qui. Non volevi farmi stare da te. E ho pensato che senza Sarah qui per il fine settimana, avresti voluto passare del tempo con me. Ma adesso immagino di essere stata la scema di turno."

"Larkin..." Si muove verso di me, ma io faccio un passo indietro.

"No! Non sono la tua scopamica, Charlie. Non ti permetterò di trattarmi come una specie di oggetto miserabile che tiri fuori dal ripostiglio ogni volta che ti senti triste, solo o eccitato."

"Lo so."

"E?"

"E?" chiede. "E... Cosa?"

Raccolgo la sua felpa che è sul pavimento vicino ai miei piedi e gliela lancio. "Lo sai. Dici che ti dispiace. Dici che è solo per un po'."

Il suo viso diventa severo. "Cosa vuoi che ti dica?"

"Voglio che ti comporti come se ti importasse di me! Voglio che tu dica: 'Hey Larkin, so che Helen è pazza, ma mi importa di te. Noi tre ce la faremo insieme.' Una cosa di questo tipo mi andrebbe bene."

Mi fermo per fare un respiro e mi rendo conto che sono così arrabbiata che in realtà sto tremando.

"Sta minacciando mia figlia, Larkin. Sai che devo prenderla molto sul serio." Comincia a infilarsi la felpa, una manica alla volta.

"Sai una cosa? Mi chiedo se sia davvero questo il problema."

Lui si ferma un attimo. "Che intendi dire?"

"Sto dicendo che forse questa è solo la scusa di cui avevi bisogno. Non volevi decidere se uscire con una donna essendo un morto che cammina. Ma questa situazione è perfetta. 'Oh, non posso pensare di stare con Larkin perché mia suocera è una cagna.'"

Charlie incrocia le braccia. "Questo non è vero."

"Ah, no? Stai dicendo che di fronte all'uragano Helen non hai levato le tende rimanendo impassibile? O vorresti dirmi che non è a causa di Helen se sei rimasto impassibile?"

Scuote la testa. Si passa una mano tra i capelli scuri e disordinati. "Non è giusto."

"Può essere. Forse oggi sono io la stronza. Ma con te non ho fatto altro che rimanere sulle spine da quando ci siamo incontrati! Ho talmente tanta paura di fare o dire la cosa sbagliata. Di notte mi sveglio, ripenso alle cose che ho detto, mi preoccupo. L'ho ferito? Mi sono spinta troppo in là? È solo che... Sono così stanca di tutto questo," dico.

Sono ancora arrabbiatissima, ma riesco a sentire lacrime calde agli angoli dei miei occhi. Riesco a sentire la gola che si annoda per l'emozione.

"Che cosa vuoi davvero che io faccia adesso, Larkin?" chiede con sguardo torvo. "Dovresti essere la cosa più semplice della mia vita, non un'altra voce nella mia lunga lista delle complicazioni."

Questa descrizione mi strazia.

"Allora è questo quello che sono per te? Non senti nient'altro per me? Hai semplicemente spuntato delle voci dalla tua lista?"

"Non ho detto questo."

"Beh, questo è quello che volevi dire!" Gli urlo contro. "Verrò mai prima per te?"

"Non puoi chiedermi questo. Ho una bambina!"

"Volevo dire prima dei tuoi sentimenti per Britta! Io, Larkin Lake, sarò mai in grado di venire prima dell'amore che provi per la tua defunta moglie?"

"Io non lo so!" grida lui. Stiamo tremando entrambi. E io non sono più sull'orlo di un pianto: ora piango apertamente, lasciando che le lacrime mi scivolino sul viso.

"Ecco dove sta il problema," mi lamento, agitando le mani. "Sarai mai in grado di amarmi, totalmente e senza riserve? Non lo sai, e questo è *terrificante* per me. Dovrei restare e vedere se prima o poi ci riuscirai?"

"Non lo so", dice.

"Che cosa dovrei fare, allora? Eh, Charlie? Quanto dovrei aspettare?"

"Non lo so", ripete.

"Riconosci che c'è un problema, vero?" chiedo in preda alla frustrazione.

"Sì! Te l'ho detto già in passato, non volevo che mi aspettassi. Eppure, eccoti qui, un mese dopo, di nuovo fottutamente incazzata perché non sono ancora arrivato a una decisione!"

"Beh, colpa mia," dico, scuotendo la testa. "Avrei dovuto ascoltarti quando mi hai detto di non aspettarti."

"Sì, avresti dovuto farlo!"

"Cosa facciamo allora? Torniamo ad essere vicini di casa? Persone che si ignorano educatamente quando saremo in pubblico?" Chiedo, asciugandomi le lacrime con il dorso della mano. "È questo che vuoi?"

"Non è quello che *io* voglio", ringhia. "Ma potrebbe essere quello di cui *tu* hai bisogno."

Sono così arrabbiata che non capisco più niente. "Vuoi andartene? Per me va bene. Ma mettiamo le cose in chiaro: se esci da quella porta, esci anche dalla mia vita."

Charlie si gira e se ne va sbattendo la porta della camera. Crollo sul letto mentre sento i suoi passi pesanti e cadenzati sulle scale.

Sono distrutta, emotivamente devastata dal nostro litigio. Le ultime parole di Charlie risuonano ancora nelle mie orecchie.

Potrebbe essere quello di cui tu hai bisogno.

Mi abbandono ai miei singhiozzi, perché non c'è né giusto né sbagliato, non c'è un vero cattivo in questa situazione.

Ci siamo solo Charlie e io, e un abisso di dolore senza fine.

23

CHARLIE

Sbatto la porta principale di casa mia, ribollendo di rabbia. Larkin ha fatto davvero un buon lavoro nell'entrarmi in testa, nel conquistarsi una parte di me. Ed è questo il problema, davvero. Larkin si è fatta strada fino al punto più profondo di ciò che sono.

Nel mio cuore.

Il cuore, che organo curioso. E fragile.

Dopo la morte di Britta, ero sotto shock. E quando lo shock si è pian piano esaurito, ho provato un dolore terribile, apparentemente insormontabile. Poi sono caduto in una sorta di intorpidimento, uno stato da cui non ho cominciato ad uscire fino a...

Fino a quando non mi sono trasferito qui. Fino a quando non ho incontrato Larkin.

Perché Larkin non è solo bella, non è solo intelligente. Non è solo brava con Sarah.

Mi capisce, in un modo che non pensavo fosse possibile. Mi ha visto in alcuni dei miei momenti peggiori: durante un attacco di panico, mentre discutevo con Helen, quando mi sentivo come se avessi deluso me e Britta in spiaggia.

E in qualche modo, nonostante tutto questo, ha deciso che le importa di me, abbastanza da restarmi vicino. Questo di per sé è un miracolo.

Vago nel soggiorno. Se è così che mi sento, perché non torno subito da Larkin? Perché voglio resistere a ciò che sembra così inevitabile?

Perché ogni volta che guardo Larkin con l'amore nei miei occhi, tradisco Britta. Ad ogni nuovo ricordo che colleziono con Larkin e Sarah, uno vecchio con Britta scompare un po'.

Su una cosa ha ragione: nell'ultima settimana l'ho trattata male. Sono arrivato sempre in ritardo, ho fatto sesso e me ne sono andato appena abbiamo finito.

Sprofondo nel divano, meditando. Sono stato giù per la causa contro Helen, sì. Ma è stata solo la goccia che ha fatto traboccare il vaso, un avvenimento che va oltre ciò che i miei sentimenti possono sopportare.

Davvero, nel profondo, sto ancora lottando per decidere se Larkin meriti o meno la mia lealtà, il mio impegno. Non se si meriti il mio amore; proprio così, perché ovviamente sono fottutamente andato. Sono pazzo di lei. No, non è quella la mia preoccupazione.

La domanda è: sono davvero pronto a lasciar andare l'uomo che ha promesso di amare, onorare e rispettare Britta? Come puoi dare il tuo cuore a qualcuno senza riserve quando dovrebbe essere già impegnato?

Perché mi sono dato senza riserve a Britta. Ma mi sto innamorando di Larkin... In modo pesante, senza controllo, e quasi angosciante.

Mi viene in mente Sarah. Da un lato, è senza dubbio la figlia di Britta. Quando la vedo guardare in basso a volte, intenta a fare qualcosa, potrei quasi scambiarla per Britta. Ogni volta sento una stretta allo stomaco, quasi mi fa perdere il controllo in pubblico.

D'altro canto, Sarah ha chiaramente legato con Larkin. Porta la copia sbrindellata de Il piccolo principe ovunque io le permetta di farlo. Non solo, ma ha uno sguardo particolare ogni volta che Larkin entra nella stanza... I suoi occhi si illuminano di gioia. Forse anche d'amore.

Sarah. Lei è l'unica persona che potrebbe confortarmi in questo momento. Guardo l'orologio. Sono appena passate le nove. Forse se vado da Rosa e da papà, la troverò ancora sveglia.

Mi dirigo verso la macchina e arrivo da papà in meno di venti minuti. Quando suono il campanello della loro piccola casa verde, mio padre risponde e apre in pigiama. Dietro di lui c'è la tv accesa. Immagino che dopotutto non sia cambiato così tanto.

"Charlie", dice, un po' sorpreso. Mi apre la porta. "Tutto okay?"

Alzo le spalle mentre entro in casa. Mi guardo intorno, vedo i mobili trasandati e il tappeto pulito ma logoro. "Ad essere sincero... Non lo so. Io... Ho litigato con Larkin e ho cominciato a sentire la mancanza di Sarah."

"Penso che Rosa le stia leggendo una favola proprio adesso," dice, chiudendo la porta d'ingresso. "Dai, vediamo se riusciamo a raggiungerle prima che Sarah si addormenti."

Mi conduce attraverso il soggiorno e percorriamo il corridoio fino alla fine svoltando a sinistra. La prima porta davanti alla quale arriviamo è parzialmente aperta e papà la spalanca. Lo seguo e vedo Rosa che legge a una Sarah ormai addormentata.

Rosa si gira e alza le sopracciglia. Lancio un'occhiata a Sarah, la sua testa scura appena visibile sopra la trapunta rosa in cui è avvolta.

Tocco il braccio di papà e scuoto la testa, mi giro e me ne vado. C'è una cosa che un genitore non fa mai: svegliare un bambino che dorme.

Torno in soggiorno e papà mi segue.

"Mi dispiace", dice. "Rosa è troppo brava a mettere Sarah a letto, immagino."

Scuoto la testa. "Tranquillo, va tutto bene. Volevo solo vederla."

Mio padre mi guarda per un lungo minuto, poi dice: "Stavo per farmi una tazza di tè e sedermi sulla veranda sul retro. Vuoi unirti a me?"

Incrocio le braccia sul petto, esitando. In realtà non voglio, ma qual è la mia alternativa? Tornare in un appartamento vuoto in cui tutto mi ricorda Larkin?

"Certo", dico con un'alzata di spalle.

Mio padre si dirige in cucina, afferra un bollitore blu brillante e lo riempie d'acqua. Lo mette sul fornello e lo accende. Io rimango fermo davanti al bancone, incerto su cosa dire.

Papà allunga una mano verso la credenza per prendere due vecchie tazze scheggiate. Le mette sul bancone facendo una pausa.

"Vuoi raccontarmi un po' del litigio con Larkin?" chiede, evitando accuratamente di guardarmi.

Guardo mio padre e vedo in lui un me anziano. Forse anche un po' più saggio. Faccio un respiro. Non so bene cosa dirò, ma decido di fidarmi di mio padre e di fargli questa confidenza.

Dopotutto, nulla mi obbliga a seguire il suo consiglio.

"Uhhh, è stato... Piuttosto pesante. Abbiamo discusso della denuncia di Helen per la custodia di Sarah, in un certo senso."

"Che cosa vuoi dire, in un certo senso?" chiede.

Faccio una smorfia, rielaborando la frase nella mia testa. "Suppongo che tu sappia che io e Larkin abbiamo... Passato del tempo insieme."

Annuisce e basta.

"Beh, abbiamo... passato del tempo insieme... a casa sua. Poi ho detto che avrei trascorso la notte a casa mia. Si è messa a sindacare sulla mia scelta e mi ha accusato di non averla difesa quando Helen è venuta a farmi causa."

"E?" chiede. Cerca negli armadietti le bustine di tè e ne affonda una in ogni tazza. "È vero che non lo hai fatto?"

"Beh, non intenzionalmente", dico. Socchiudo gli occhi. "Non lo so, forse sì."

Il bollitore inizia a fischiare e papà lo toglie dal fuoco. Versa dell'acqua bollente nelle due tazze.

"Sembra che tu sappia di avere torto." Mi guarda.

"Beh, c'è dell'altro." Mi passo una mano tra i capelli. "Diciamo che forse ho suggerito di mantenere le distanze fino a quando la causa non sarà finita..."

Mio padre fa un fischio. "Questo... Questo non è buono."

"Poi mi ha accusato di aver usato la causa di Helen come scusa perché in realtà non voglio impegnarmi con lei." Io faccio una smorfia. "E la parte peggiore è che non sono nemmeno sicuro che abbia torto."

Papà prende una delle tazze fumanti e me la porge. Ha su un lato l'immagine sbiadita di un cartone animato, ma non riesco bene a capire quale. Abbasso lo sguardo e vedo filamenti marroni di tè che escono dalla bustina di tè.

"Sembra che tu debba fare una grande ricerca spirituale dentro di te", dice. Soffia sul suo tè per un secondo, ma non lo sorseggia ancora. "Penso tu debba decidere da che parte del recinto stare."

Abbasso lo sguardo sulle mie Converse. "Vuoi che scelga tra due donne? Ho paura che sia impossibile."

Papà sembra pensieroso. "Dai, andiamo fuori."

Non mi aspetta, prende solo la sua tazza ed esce dalla porta a vetri scorrevole che conduce al porticato. C'è una piccola area coperta lì, con due sedie a sdraio. Si siede su una di esse, sospirando.

Io mi siedo sull'altra, incerto che possa effettivamente sostenere il mio peso. Comunque sembra reggere, e allora poggio il mio tè a terra. Guardo mio padre, che sorseggia il suo sperimentalmente. Emette un suono sibilante soddisfatto, poi mi guarda.

"Sai, ero ancora con tua madre quando ho incontrato Rosa", dice. "Voglio dire, non condividevo un letto con lei da anni. Mi ero trasferito nel garage. Ma ero ancora sposato con tua madre."

Rimango un po' sorpreso. "Non me lo ricordavo!"

"Tua madre era una donna simpatica, premurosa e animata da ispirazioni così nobili. Quando ci siamo conosciuti, eravamo entrambi artisti, sai."

Questa è una novità per me. "Non lo sapevo. I miei primi ricordi non ti includono più di tanto."

Papà annuisce. "Già. Tua madre era una grande artista, ma era anche bipolare. La malattia le dava questa grande energia, riusciva davvero attirare la gente... Ma poi diventava troppo maniacale e faceva cose folli. Un giorno sono tornato a casa e tua madre aveva dipinto tutte le pareti di rosso. Disse che era per proteggere la famiglia, o una cazzata del genere. Ad ogni modo, i tuoi ricordi probabilmente risalgono al dopo, da quando Diane mi ha cacciato di casa."

Aggrotto le sopracciglia guardando mio padre.

"Te ne sei andato perché hai conosciuto Rosa?" preciso.

"No, non esattamente. Ho conosciuto Rosa perché faceva la cassiera al supermercato. È sempre stata gentile con me e ha fatto il tifo per te e tuo fratello. Mi sono stancato di vivere sulle montagne russe di emozioni di tua madre. 'Oggi andrà bene o sarà una giornata di merda?' E c'era Rosa, che era così gentile con me. Non sapeva quanto bevessi, in parte per sopportare tua madre, in parte solo perché mi andava di farlo."

Si ferma e sorseggia il suo tè, poi continua.

"Quando Rosa ha scoperto che ero ancora sposato, si è rifiutata di avere qualcosa a che fare con me. Quindi sono tornato da Diane e le ho detto del mio incontro con lei, che ci ero cascato perché ero così infelice. 'Potremmo per favore lavorare sul nostro rapporto, impegnarci per farlo ripartire?'"

"Immagino che non abbia funzionato", dico chiaramente.

"Ci abbiamo provato. Siamo andati in terapia, siamo andati ai ritiri. Abbiamo anche provato una relazione aperta. Tutto è andato bene, fino a quando tua madre non ha smesso di prendere le medicine. Poi tornavo a casa e trovavo tua madre che trascinava la lavastoviglie fuori per darle fuoco. O quella volta, quando vendette la sua auto, che era l'unica in cui si sarebbero adattati i seggiolini per bambini. Cazzate di questo tipo."

"Sembra sia stata dura", dico, socchiudendo gli occhi. "Non ricordo nulla di tutto ciò."

"Già. Alla fine ho dovuto prendere una decisione difficile. Non sto dicendo che è esattamente come quello che stai affrontando tu, ma non è neanche del tutto diverso. Alla fine me ne sono andato, ovviamente. E ho avuto la custodia part-time, solo quando tua madre ne aveva voglia. Questa è stata la parte più difficile, per me."

Beve il suo tè, poi mi guarda.

"Mi dispiace" dico.

"Il punto della storia non era che tu debba dispiacerti per me. Il punto è che ogni grande cambiamento o sconvolgimento nella vita provoca dolore. È come avere sempre più dolori, in un certo senso. Ecco perché devi decidere se crescere, cambiare e sopportare le ferite... o semplicemente ristagnare e alla fine morire. Ci sono solo queste due opzioni."

Sospiro. "Lo so. So che devo scegliere. In effetti, so chi *dovrei* scegliere. È solo che..."

Mi allontano e papà annuisce. "È terribile. Lo è per Larkin, probabilmente più di quanto lo sia per te, perché deve starsene lì a guardarti mentre ti lecchi le ferite. Non mi sembra il tipo accanto a cui rimanere pigramente seduti."

"No che non lo è."

Lui ride, poi mi schiaffeggia il ginocchio.

"Charlie, devo mettermi comodo sul divano. Resta qui per tutto il tempo che desideri. Solo... pensa a quello che ti ho detto."

Gli faccio un mezzo sorriso. "Si. Grazie per il consiglio."

Mentre entra, guardo fuori nel suo cortile. Non c'è niente di entusiasmante, solo alcuni alberi spogli. Ma mi dà un'ottima visuale libera per guardare nel vuoto mentre provo a elaborare ciò che mio padre mi ha appena detto.

Trascorro una buona mezz'ora là fuori, con gli stessi pensieri che mi frullano nella testa.

Britta o Larkin? Le promesse che ho fatto o quelle che voglio fare? Il passato o il futuro?

Quando mi alzo riprendo la mia tazza intoccata. Ho preso la mia decisione.

Ora devo solo pregare che non sia troppo tardi.

24

LARKIN

Sono sdraiata nel mio letto, ancora furiosa. Ho pianto per quasi un'ora, ma adesso sto ribollendo in silenzio. Non riesco ad addormentarmi, non importa per quanto tempo rimanga qui a fissare il soffitto. Rotolo su un fianco, sospirando.

Continuo a sentire le parole di Charlie ancora e ancora, rimbombano confuse nel mio cervello.

"Ma potrebbe essere quello di cui tu hai bisogno."

La rabbia che riempie i suoi occhi quando lo dice, la forte convinzione nelle sue parole... mi fanno venire i brividi anche a distanza di ore.

Se Charlie si sente davvero così, dovrò lasciarlo andare. Non c'è altra scelta, davvero. Ma il pensiero di dover lasciar andare lui e Sarah... Di non rivederli mai più, o, peggio, di vederli da lontano, mi uccide.

Pensavo di aver pianto tutte le mie lacrime, ma altre ricominciano a sgorgare dagli angoli dei miei occhi. Una vita senza Charlie quasi non vale la pena di essere vissuta.

Sento un suono scoppiettante proveniente dal piano di

sotto, anche se è debole. Forse ho lasciato aperta una delle finestre e la persiana sta sbattendo a causa del vento?

Mi siedo e mi asciugo le lacrime dagli occhi, poi butto indietro le coperte. Scendo le scale scalza, infastidita dalla scelta fatta in precedenza per cui pensavo che fosse una buona idea lasciare la finestra aperta.

Boom boom boom! Il rumore è quasi troppo ritmato per trattarsi della persiana. Sbuffo e inarco le sopracciglia con fare sospettoso.

Quando scendo di sotto, però, vedo una figura tutta nera fuori la porta d'ingresso. Non riesco a vederne il volto attraverso il vetro colorato. Chi è che sta bussando alla mia porta a quest'ora?

"Larkin!" grida Charlie, sbattendo di nuovo. "Dai, apri."

Corro verso la porta principale e la spalanco. Alzo lo sguardo su Charlie con un'espressione sospettosa. Mi guarda di nuovo, respirando affannosamente, come se avesse appena corso una maratona.

"Larkin", dice, la sua voce è diventata più rauca.

Non dico niente, mi metto a braccia conserte. Tutto quello che dovevamo dirci ce lo siamo già detti. Inclino solo la testa verso di lui, sfidandolo a dire qualcosa di nuovo.

Charlie fa un passo avanti. "Larkin, sono arrivato ad una decisione."

Perdo il respiro in quell'istante. Sta per dire quello che penso?

Invece mi sconvolge ulteriormente facendo altri due passi verso di me, fino a quando solo pochi centimetri ci separano, e mettendosi in ginocchio. Le mie mani volano fino alla mia bocca, mi manca davvero il fiato.

No... Non è possibile, penso.

"Larkin, avevi ragione su una cosa. Dovevo decidere se il passato fosse più importante del futuro. Ho passato così tanto tempo a guardarmi indietro, l'idea di proiettare il mio sguardo sul futuro sembrava... impossibile."

Charlie mi tende una mano, indicando la mia. Lentamente, metto la mia mano tremante nella sua. Chiude le dita sulle mie e sento che anche lui sta tremando.

"Oh Charlie..." sussurro.

Scuote la testa. "Non sarebbe dovuto accadere, ma purtroppo era così. Poi mio padre mi ha chiesto se fossi pronto a cambiare e a crescere, o se volessi ristagnare passivamente fino alla morte..."

Abbassa lo sguardo per un momento. Quando mi guarda di nuovo, delle lacrime gli bagnano gli occhi.

"Larkin, sei la persona con cui voglio invecchiare. Voglio andare dove vai tu. E Sarah già ti ama alla follia..."

I miei occhi si appannano, devo asciugare le lacrime con la mano libera. Si morde il labbro inferiore, quindi dice:

"Mi dispiace di averti fatto aspettare. Sei stata così forte durante tutta questa situazione. Non ho un anello, ma... Ti amo. Ti amo davvero tanto." Si prende un secondo, la gola è un po' ingolfata. "Larkin Lake, vuoi, per favore, farmi l'onore di essere mia moglie?"

"Sì." riesco a dire. Comincio a piangere, le lacrime mi rigano il viso. Le emozioni stanno prendendo il sopravvento, ma dico: "Sì, Charlie. Anche io ti amo tanto. Voglio sposarti."

Non ho mai voluto seppellirmi così tanto tra le braccia di qualcuno. Lo guardo, il cuore mi si stringe nel petto. Faccio una specie di rumore strozzato, guardandolo con espressione supplichevole.

Si alza, mi abbraccia forte. Allo stesso tempo, mi butto con forza fra le sue braccia, facendolo indietreggiare di un passo. Gli avvolgo le braccia attorno alla schiena.

Il mio cuore è così pieno che quasi non riesco a sopportarne il peso. Seppellisco il viso contro il suo petto, felice più di quanto riuscirei a dire con le parole.

Quando faccio un passo indietro per dare voce ai miei pensieri, la sua bocca scende sulla mia come per marchiarmi a fuoco. Gemo, passandogli una mano tra i capelli.

Mi tira a sé, unendo i nostri corpi. Solo la pressione dei suoi fianchi contro la mia mi fa avvolgere la gamba attorno a lui e mi fa sfregare il mio corpo contro il suo.

Sebbene siano passate solo ore da quando l'ho avuto, il mio corpo *brama* il suo. Tiro la sua giacca, voglio vedere ancora un po' della sua pelle.

Si strappa di dosso la giacca, mi bacia mentre mi porta all'indietro verso il divano. Si slaccia e si toglie gli stivali mentre io mi tolgo la maglietta.

Charlie afferra i miei leggings, spingendoli giù con forza. Ne esco arrossendo.

Sotto sono nuda. Un brivido mi attraversa mentre prende nella sua mano i miei lunghi capelli biondi, tirando indietro la mia testa mentre mi bacia la clavicola. Rantolo forte quando trova il mio capezzolo con i denti, sfiorandolo sempre molto delicatamente.

"Questo è mio", ringhia, baciando leggermente l'altro seno. "E questo..."

Bacia il mio ombelico, i miei fianchi, il monte di venere. Mi fa gridare, i miei fianchi si contorcono, la mia figa si inzuppa.

"Charlie, sì..." gemo. "Sono tutta tua."

Risale in alto, baciandomi selvaggiamente. Rabbrividisco quando mi apre le cosce.

"Toglitela", insisto, tirandogli la camicia.

Lui obbedisce, mostrandomi tutto quel ben di Dio, di carne scolpita e muscolosa. Faccio scorrere le mani sull'ampia distesa della sua schiena, graffiandola con le unghie.

Ci baciamo di nuovo. Mi tocca l'interno coscia, accarezzandomi verso le mie profondità. Le sue dita mi sfiorano la figa, proprio mentre la sua lingua danza con la mia in lunghi e vorticosi turbinii.

Mi contorco al suo tocco, gemendo piano.

Trova la mia fessura e fa scivolare due dita nel profondo. Entrambi gemiamo mentre il suo dito mi scopa forte e lentamente, prendendosi il suo tempo per possedermi.

"Cazzo, sei così stretta," ansima quando comincio a stringermi attorno alle sue dita.

"Sì! Sì!" Lo incoraggio. Lo bacio e gli succhio il collo, sapendo benissimo che gli lascerò dei segni.

Fa dentro e fuori con le dita, flettendole in un gesto di richiamo. Normalmente non sono un'amante dei ditalini, ma penso che potrei venire anche solo per lo sguardo sporco sul suo viso, per il modo in cui si morde il labbro e guarda le mie tette che rimbalzano.

Si sposta sul posto. Sento i suoi jeans graffiare contro le mie cosce. Adoro tutto ciò che Charlie mi sta facendo, ma voglio di più. Ne ho *bisogno*.

"Togliti i pantaloni", dico, cercando di mascherare il fatto che io sia senza fiato come mi sento. "Ti voglio dentro di me."

Lui ritira le dita e mi prende in braccio, portandomi sul divano. Mi mette giù sbottonandosi i jeans, poi esita.

"Ora", lo prego. Gli sfilo i jeans, supplicandolo. "Ho detto adesso, cazzo."

Si toglie i jeans e i boxer, poi si mette sul divano, su di me. Allungo una mano e lo tiro a me, ho disperatamente bisogno di lui. Le mie gambe si avvolgono alla sua vita, avvicinandolo a me.

Charlie impiega mezzo secondo per posizionare il suo cazzo alla mia entrata. Sono più che preparata, lucida e pronta con la mia eccitazione.

Entra dentro di me con una spinta lunga e dura, ed entrambi gridiamo a quella sensazione. È così bello, lui dentro di me, che mi allunga, mi fa sentire piena.

Mi prende la mano e me la sposta sopra la mia testa, annodando le sue dita attorno alle mie. Gli afferro il viso con la mano libera e lo bacio in preda alla foga mentre inizia a muoversi dentro di me. Colpisce tutti i punti giusti, ritirandosi e spingendo più e più volte, quasi fino a farmi vedere le stelle.

Vengo all'improvviso, spontaneamente, stringendomi a lui con una passione quasi disperata. Viene anche lui urlando il mio nome a pieni polmoni, stringendomi la mano così forte che probabilmente mi lascerà una contusione.

Alla fine rallenta, baciandomi. Gli metto entrambe le mani sul viso, afferrandolo delicatamente a coppa, e ricambio il bacio col massimo dell'intensità.

Charlie ridacchia mentre si ritira, scivolando su un lato in modo che il suo peso non mi schiacci. "Cazzo".

Lo guardo, il cuore che mi batte all'impazzata. "Hai già dei rimpianti?"

Ridacchia di nuovo e scuote la testa. "Neanche per sogno! Mai. Non so se l'hai notato, ma dopo aver deciso di dedicarmi a qualcosa, lo faccio con tutto il cuore."

Faccio un sorrisetto malizioso. "Quasi non me n'ero accorta."

"Beh, apparentemente sei una di quelle cose." Mi dà un bacio lungo e lento.

Mi mordo il labbro. "Ti rendi conto che dovremo spiegarlo a Sarah?"

Si stringe nelle spalle, come se non fosse un grosso problema.

"Sarà elettrizzata. Ho intenzione di andare avanti, non indietro. Voglio che viviamo insieme, che ci sposiamo..."

"Ah, sì?" Lo prendo in giro. "Stai andando fuori di testa, eh?"

"Completamente fuori di testa. Tu ci scherzi, ma io sono serissimo. Penso che dovremmo cominciare ad organizzare il nostro traferimento a New York."

La mia fronte si corruga. "Ma i nonni di Sarah?"

"È a questo che servono gli aerei. Possiamo venire a trovarli, e mio padre e Rosa possono venire a trovare noi..."

Mi acciglio. "E Helen? Non pensa che... Che io abbia una cattiva influenza o qualcosa del genere?"

"Odio anche solo il fatto che dobbiamo parlarne. Sei un'ottima influenza per lei. Sarah ti ama, cazzo." Sospira e scuote la testa. "Penso che possiamo fare i nostri piani. Io... Sono così arrabbiato con Helen, ma allo stesso tempo provo pena per lei."

Metto la mano sul petto di Charlie, il palmo della mia mano è proprio sul suo cuore.

"Ti ho mai detto che trovo l'empatia molto attraente?" chiedo con un sorrisetto.

Lui ride, guardandomi. "Ne sono contento."

Mi muovo un po', appoggiandomi su un gomito.

"Abbiamo ancora un paio di giorni prima che tu vada a prendere Sarah..." Accidenti. "Ti andrebbe di spenderli in un posto più comodo del pavimento del soggiorno?"

"È un modo molto velato per chiedermi di andare a letto?" chiede inarcando un sopracciglio.

"Forse". Arrossisco.

Lui sorride, sporgendosi verso di me, posandomi un bacio sulle labbra. "Allora accetto. Posso prometterteló da ora: ti dirò sempre di sì. Per questo e per qualsiasi altra cosa tu voglia."

"Sempre?" Mormoro contro le sue labbra.

"Sempre", dice.

E so che Charlie sta dicendo la verità. Non mi sono mai sentita così felice, o così al sicuro, proprio come lo sono ora, in questo momento.

25

LARKIN

Tre mesi dopo

"E poi mettiamo gli asciugamani nel..." dico canticchiando.

Faccio rimbalzare Sarah sul fianco mentre metto l'ultimo indumento nella lavatrice. Il mio gigantesco anello si aggancia ad uno degli asciugamani e ci metto un minuto a staccarlo. Appoggio la bacinella vuota e verso il detersivo liquido.

"Quindi aggiungiamo il sapone... E chiudiamo il coperchio. Vuoi premere il pulsante di avvio?" Chiedo a Sarah. Indico il pulsante.

Sarah si morde il labbro, sporgendosi per premere il pulsante di avvio. La macchina inizia a riempirsi immediatamente.

"Eccuo!" annuncia con orgoglio.

"Ce l'hai fatta" dico. "Bravissima! Ora cosa vogliamo fare finché papà non torna a casa?"

Sembra pensierosa. "Peppa Pig?"

Annuisco, uscendo dalla piccola lavanderia. Cammino

attraverso la cucina, con i suoi decori anni settanta, e entro nel soggiorno. I cani sono tutti sul pavimento, con la coda che guizza. Sono sfiniti dalla sessione di gioco fatta in precedenza con Sarah.

Metto Sarah sul divano, poi cerco il telecomando della TV.

Charlie e io abbiamo deciso di trasferirci insieme non appena me l'ha proposto. L'abbiamo detto a Sarah, che era elettrizzata. Lentamente ma con decisione, abbiamo trasformato il mio lato della casa in casa nostra, il che a volte diventa una cosa un po' folle. Con i cani, un gatto e tre persone... A volte la situazione può degenerare.

Beh, in realtà... Presto saranno quattro persone. L'ho detto subito a Charlie, dal secondo in cui ho scoperto di essere incinta, ma Sarah non lo sa ancora. Stiamo aspettando fino alla tappa dei tre mesi per cercare di spiegarle, quindi abbiamo ancora alcune settimane.

Trovo il telecomando e accendo la TV per Sarah.

"Vuoi vedere?" mi chiede guardandomi.

"Certo... Guardiamo insieme." Controllo l'ora sul telefono che ho nella tasca del vestito. Sono quasi le cinque, il che mi fa un po' preoccupare. Oggi Charlie sta affrontando Helen in tribunale. Dovrebbe essere il giorno del verdetto finale. Volevo essere lì per sostenerlo, ma lui preferiva che restassi a casa con Sarah. Quindi aspetto di sentirlo da tre ore in preda al nervosismo.

"Certo, ho tutto il tempo che vuoi." dico a Sarah.

Mi siedo sull'orribile divano giallo e Sarah si stringe all'istante a me, accoccolandosi al mio fianco. Attorciglia la sua manina attorno al mio braccio, il che mi fa venire gli occhi lucidi.

Sarah è proprio la bimba migliore che potessi desiderare. Le do un bacio sulla testa, ma è già rapita dallo schermo della TV. Mi asciugo gli occhi che in questi giorni si bagnano praticamente per ogni minima cosa.

Sento dei passi sulla veranda e poi una chiave nella porta d'ingresso. Zach e Morris si alzano, le loro code si muovono gioiose per l'attesa.

Finalmente! Penso, mettendomi a sedere più dritta.

Charlie entra, elegante nel suo abito scuro e la camicia chiara. Si è tolto la giacca, se la porta dietro alle spalle. Ai miei occhi è sempre bellissimo, ma vederlo in smoking fa esplodere le mie ovaie.

Nell'istante in cui ci guardiamo negli occhi, lui si illumina. Adoro questo di lui, che vederci lo rende così felice.

"Abbiamo vinto", annuncia col suo timbro profondo. Appende la giacca e accarezza i cani, mostrando a Sadie un affetto speciale. Sembra essersi legato di più a lei, il che mi rende tanto felice che potrei piangere.

"Ah sì?" Chiedo, mettendomi seduta. "Vieni qui! Raccontami tutto."

Si avvicina e si siede sul divano, salutando prima Sarah. Le tocca la scarpa. "Ehi, tu."

"Ciao", dice distrattamente guardando la TV.

Poi mi saluta scivolando verso di me finché non ci tocchiamo, baciandomi leggermente. Le sue labbra sono calde e dolci, come sempre. "E ehi anche tu."

Gli sorrido raggiante. "Ehi di nuovo! Insomma, come è andata? Non lasciarmi sulle spine."

"Beh, la giudice Mariner ha detto di aver valutato tutte le prove, in particolare quelle sulla mia testimonianza in merito al comportamento e agli atteggiamenti di Helen nei nostri confronti. Ha detto di aver scoperto che la denuncia di Helen non era valida. E insomma, questo è quanto."

I miei occhi si spalancano. "Tutto questo tempo e... Questo è quanto? Così?"

"Sì, proprio così. Helen deve anche pagare le mie spese giudiziarie." Scuote la testa. "Helen ha dato di matto e ha accusato la giudice di essere corrotta. I suoi avvocati l'hanno spinta fuori di lì prima che potesse gridarle ancora contro. È stato abbastanza soddisfacente."

"Non posso crederci!"

"Beh, credici," dice, prendendomi la mano libera. Le dà una stretta. "E ho un'altra sorpresa per te."

"Per me?" Chiedo.

"Sì, per te", dice. "Ho parlato con il mio capo e gli ho detto che volevo trasferirmi a New York. Era davvero entusiasta. Penso che dovremmo davvero pensare a trasferirci presto, considerando... " Annuisce al mio ventre ancora piatto. "Probabilmente tra sei mesi non sarai nella condizione ottimale per farlo."

Il mio cuore inizia a battere all'impazzata. L'idea di trasferirci a New York, di vivere il mio sogno è semplicemente... I miei occhi si riempiono di lacrime quando glielo sento dire.

"È che io... Non riesco a credere che ci stiamo trasferendo!" Esclamo, la mia voce si riempie di lacrime. "Non posso credere di avere te, e Sarah, e anche il mio sogno."

Charlie mi fa un sorriso che mi stringe il cuore al massimo. "Eppure ce l'hai."

Lo abbraccio più forte che posso, le mie lacrime cadono sulla sua camicia. Quando mi tiro indietro, mi bacia, sigillando le sue labbra sulle mie. Il bacio è lento e dolce, caloroso al punto giusto.

Sento Sarah che mi tira per il braccio e interrompo il bacio per guardarla.

"Merenda?" chiede.

Rido a crepapelle, perché è così ignara di tutto quello che sta avvenendo accanto a lei.

"Preparo la merenda per tutti", dice Charlie. "Cosa vuoi? Una barretta di formaggio?"

"Budino!" Dice Sarah entusiasta.

"Va bene. Non vi muovete!" dice Charlie facendo l'occhiolino.

"Aspetta" dico afferrandogli il polso mentre si alza. Mi guarda, inarcando un sopracciglio. "Voglio solo... Ti amo tantissimo."

La mia confessione lo fa inclinare all'indietro. Mi bacia sulle labbra. "Anch'io ti amo tanto. Per sempre."

Mi siedo, lasciandolo andare. Perché so che tornerà. So che Charlie intende quello che dice. Coccolo Sarah stringendola a me, trabocco di felicità.

LIBRI DI JESSA JAMES

Cattivi Ragazzi Miliardari

La sua segretaria vergine

Fammi tremare

Brutalmente Sbattuta

Papino

Cattivi Ragazzi Miliardari - La serie completa

Il Patto delle Vergini

Il Professore e la Vergine

La Sua Tata Vergine

La Sua Sporca Vergine

Club V

Lasciati andare

Lasciati domare

Lasciati scoprire

Fidanzati per finta

Implorami

Come amare un cowboy

Come tenersi un cowboy

Una vacanza per sempre

Pessimo atteggiamento

Pessima reputazione

Ancora un altro bacio

Chiodo scaccia Chiodo

Dottor Sexy

Passione infuocata

ALSO BY JESSA JAMES (ENGLISH)

Bad Boy Billionaires

Lip Service

Rock Me

Lumber Jacked

Baby Daddy

Billionaire Box Set 1-4

The Virgin Pact

The Teacher and the Virgin

His Virgin Nanny

His Dirty Virgin

Club V

Unravel

Undone

Uncover

Cowboy Romance

How To Love A Cowboy

How To Hold A Cowboy

Beg Me

Valentine Ever After

Covet/Crave

Kiss Me Again

Handy

Bad Behavior

Bad Reputation

Dr. Hottie

Hot as Hell

Pretend I'm Yours

Rock Star

L'AUTORE

Jessa James è cresciuta negli Stati Uniti, sulla costa orientale, ma è sempre stata affetta da una grande voglia di viaggiare.

Ha vissuto in sei stati, ha svolto tanti lavori ma è sempre tornata dal suo primo vero amore – la scrittura. Lavora a tempo pieno come scrittrice, mangia troppa cioccolata fondente, ha una dipendenza da caffè freddo e patatine Cheetos, e non ne ha mai abbastanza di maschi Alpha e sexy che sanno esattamente cosa vogliono – e non hanno paura di dirlo. Uomini dominanti, Alpha da amore a prima vista, sono i protagonisti delle storie che ama leggere (e scrivere).

Iscriviti QUI per la Newsletter di Jessa:
https://bit.ly/2xIsS7Q

www.ingramcontent.com/pod-product-compliance
Lightning Source LLC
LaVergne TN
LVHW012100070526
838200LV00074BA/3848